Orfa Alarcón fue finalista del Primer Premio Iberoamericano de Narrativa Las Américas con su novela *Perra brava* (2010), traducida al alemán y al francés. Es autora de las novelas *Bitch Doll* (2013) y *Loba* (2019) y ha participado en diversas antologías y revistas. Estudió Letras Españolas en la Facultad de Filosofía y Letras de la UANL y como editora ha trabajado en el grupo Penguin Random House, entre otros. Fue becaria del Fonca, en el programa Jóvenes Creadores, los años 2007, 2011 y 2014; actualmente es miembro del Sistema Nacional de Creadores de Arte (2019-2021).

BESTSELLER

Orfa Alarcón

Perra Brava

DEBOLS!LLO

Perra brava

Primera edición en Debolsillo: noviembre, 2021

D. R. © 2010, Orfa Alarcón
Publicado bajo acuerdo con Literarische Agentur Mertin Inh. Nicole Witt e. K.,
Frankfurt am Main, Germany

D. R. © 2021, derechos de edición mundiales en lengua castellana:
Penguin Random House Grupo Editorial, S. A. de C. V.
Blvd. Miguel de Cervantes Saavedra núm. 301, 1er piso,
colonia Granada, alcaldía Miguel Hidalgo, C. P. 11520,
Ciudad de México

D. R. © 2020, Francisco G. Haghenbeck, por el prólogo

penguinlibros.com

ISBN: 978-607-319-197-5

Impreso en México – *Printed in Mexico*

NOTA DE LA AUTORA

Una chiquilla recorriendo una ciudad que la asusta con varios manuscritos en la mochila buscando algún editor que quisiera leer su primera novela. Candidez es la palabra: nunca había publicado nada y ahora buscaba una oportunidad en las editoriales más grandes del país.

Los milagros suceden: siempre estaré agradecida con Daniel Mesino, mi primer editor, quien confió en mí y en mi obra, quien se empeñó en lograr aquella primera portada fantásticamente brutal, quien se encargó de lanzar *Perra brava* al mundo.

Entonces esta novela dejó de ser mía y se convirtió en una aventura de muchos, no sólo en México, sino también en otros países gracias a mi agente Nicole Witt. Sorprendentemente para mí, llegó a lectores tan jóvenes que más de diez años después siguen siendo jóvenes. Lectores que me siguen contactando y que han hecho que suceda el segundo milagro: que en una época tan vertiginosa, *Perra brava* siga siendo una lectura de referencia.

Esta nueva edición me resulta terriblemente emotiva, no sólo porque se trata de mi primera novela, la que me convirtió en escritora, sino por el entusiasmo que mi amigo Paco puso al enterarse del relanzamiento. Meses antes de su partida, cuando el mundo era distinto para todos nosotros, Francisco G. Haghenbeck tuvo la generosidad de escribir el prólogo para esta nueva edición de Penguin Random House. Por él y por tantos lectores que siguen al pendiente, por los editores, por la gente involucrada, no me queda duda de que este nuevo libro es el resultado de mucha amistad, presente y futura.

Gracias a todos los que me han obsequiado tanto milagro.

PRÓLOGO
HAY UNA PERRA BRAVA SUELTA

Perra brava cambió

Hace diez años apenas se escuchaba de la literatura del norte. Hace diez años, pensar en un resurgimiento de la literatura negra en México era un sueño absurdo. Sin embargo, desde entonces se veían los nubarrones oscuros de la tormenta. Y ésta tenía nombre: Orfa Alarcón. Desconozco si para el resto de los lectores el encuentro con su primera novela, *Perra Brava*, les afectó como a mí. El libro me fue recomendado por su editor original, teníamos la consigna de trabajar juntos en una novela negra. Aunque nunca sucedió esa colaboración, se le agradece a Daniel Mesino que clavara el aguijón del veneno que es esta novela en mí. La leí sin saber de qué se trataba y sin tener referencia de su autora. En efecto, era una tormenta. No podía creer lo vertiginosa, lo tremendamente cruda y novedosa que era la historia. Al terminarla, *Perra Brava* me cambió.

Perra brava cambió la literatura

Hoy en día, no tenemos duda de que las voces que llevan la batuta en la literatura mexicana son femeninas. Creo que ya era tiempo de que se hiciera justicia a esas potentes voces en un mundo de patriarcado cultural, lamentablemente impuesto en comunión por décadas con los gobiernos que buscaban autores deslactosados. Fueron autoras las que nos dieron choques eléctricos abordando temas que antes estaban velados, quizá porque no eran cómodos para nosotros. No sé si Orfa Alarcón fue de las punteras en esta oleada de autoras que nos mueven nuestras raíces cual terremoto, pero estoy consciente de que sí fue de las iniciales en buscar una nueva forma de narrar. No tuvo miedo a nada. Ni a las etiquetas ni a los temas, ni mucho menos a aventurarse en un mundo de hombres como el narcotráfico, desde el punto de vista femenino. La novela salió al mercado cuando hubo un tsunami de literatura del narco, lo que le concedió esa etiqueta. Pero *Perra brava* es más que narco. Es el reflejo de una sociedad descompuesta por el crimen y sus repercusiones en la vida de una ciudad como Monterrey. Especialmente en las jóvenes mujeres que anhelan el cuento de hadas de tener grandes camionetas 4x4, jeans de diseñador y un novio con más alhajas de oro que ellas, incluyendo la Colt que portan en el cinturón vaquero. Es una narración fuera de etiquetas, hija de su tiempo y realidad, que después de una década sigue tan vigente como si hubiera sido escrita ayer. Lo que nos confirma que el tiempo no cambia realidades si las realidades son inmunes a los cambios. *Perra brava* saltó a las mesas de novedades cuando la literatura mexicana se veía el ombligo con novelas históricas por el bicentenario. Fue una buena época para derrocar esas imágenes positivas que ensalzaban a los héroes de bronce, pues el personaje de esta novela llegaba a punta de balazos a decirnos que México está lejos de eso que trataba de vendernos la cultura estatista, ya que el narco estaba adentro de nuestra sociedad y se había enraizado cual mala yerba. La perra brava venía a decírnoslo, cambiando la literatura mexicana.

Perra brava cambió la literatura noir

Hace una década también comenzaban a leerse atisbos de lo que hoy es un género consolidado con grandes autores: el género negro. Ya para ese entonces, a través de grandes obras mostraban un estilo original que sobrepasaba el neopoliciaco, tan de boga en la década de los ochenta. Los temas eran novedosos, dejando atrás el cliché del detective en gabardina para sumergirse en la mente del criminal, en un país donde todos somos criminales desde el punto de vista de su sistema de justicia. De algo estoy seguro: Orfa Alarcón fue de las primeras escritoras que se asumían como negras en este mosaico de autores que intentaban sacar la radiografía del país que vivíamos. Supongo que ayudó que siempre ha sabido escoger a sus guías e influencias en este infierno: Elmer Mendoza, con sus novelas en la tierra del narco que es Culiacán, y Eduardo Antonio Parra, que se convertiría en el Juan Rulfo urbano de nuestros tiempos. También están por ahí las asesorías de su tutor del Fonca, Mario González Suárez, que asistió al camino de una gran historia. Con *Perra Brava*, la novela negra mexicana cambió.

Perra brava cambió la literatura *noir* y del norte

Perra brava también es parte de la literatura del norte, conjunto de obras que intentan narrarnos desde el punto de vista esa sociedad mexicana en el desierto de cerveza tibia, beisbol y ametralladoras de alto calibre. La gran diferencia es que esos ojos que vislumbraron ese Monterrey que quiere ser parte del sueño americano con aires acondicionados en cada casa, pero sin dejar atrás el folclor de las carnes asadas y las camisetas de los Tigres, ahora eran femeninos. El norte de la novela posee más dosis de realismo que las series del narco norteamericanas, donde todo es fotografiado en tonos amarillos (por cierto, hay demasiadas similitudes a la película *Miss Bala*, que apareció un año después. Sin saber qué tanto influyó a su realizador, ambas son ya un referente). Esta historia sucede entre centros comerciales, lujo excesivo y crueldad desmedida, que increíblemente hipnotiza al lector como a su personaje principal, Fernanda, que sueña con cupidos dorados portando AK-47 en lugar de arcos y flechas.

Y Julio, el dueño de sus sueños, está lejos de ser un estereo-
tipo, para mostrarnos que la otredad no es tan lejana a nuestra vida. *Perra brava* llegó para ser una ventana de ese norte
que es parte de nuestra cultura mexicana, pero también para
ser una voz novedosa en la literatura y, sin lugar a dudas,
para anclarse como una de las mejores obras del género *noir*.

Perra Brava llegó y cambió todo.

FRANCISCO G. HAGHENBECK

PERRA BRAVA

Para Antonio Ramos Revillas,
este mi corazón que muerde.

Tú eres perra fina, carnada para patrones.
Tú ganchas tiburones pa' que se
empachen los leones.
CARTEL DE SANTA

1

Supe que con una mano podría matarme. Me había sujetado del cuello, su cuerpo me oprimía en la oscuridad. Había atravesado la casa sin encender ninguna luz ni hacer un solo ruido. No me asustó porque siempre llegaba sin avisar: dueño y señor. Puso su mano sobre mi boca y dijo algo que no alcancé a entender. No pude preguntar. Él comenzó a morderme los senos y me sujetó ambos brazos, como si yo fuera a resistirme.

Nunca me opuse a esta clase de juegos. Me excitan las situaciones de poder en las que hay un sometido y un agresor. Me excitaba todavía más entender que para él no eran simplemente juegos sexuales: Julio doblegaba mi mente, mi cuerpo, mi voluntad absoluta. De noche y de día, acompañados o solos, dormidos o despiertos.

—Para que no me vuelvas a salir con que te da asco.

No supe a qué se refería: había vuelto a taparme la boca y yo me desesperaba porque moría por morderlo. Desde la primera vez que lo vi, quise pasarle la lengua por el cuello, quise ser un perro que le lamiera la cara. Desde la primera vez que mi mandíbula se acercó a su boca, quise arrancarle un trozo de piel, a ver si con eso le probaba el alma. Perro bien entrenado. Perro de casa rica. Perro que se sabe asesino: desde la primera vez que lo vi sus ojos me dieron miedo.

—Para que se te quite lo fresita.

No sabía de qué hablaba, comenzó a penetrarme.

Le mordí la mano para que dejara de taparme la boca.

—Quiero lamerte. Completo.

Julio me ofreció su cuello con la confianza que se le tiene al sirviente más leal, y yo comencé a lamerlo con el hambre de la primera vez. Giramos: yo arriba, él abajo; seguí lamiéndolo hasta llegar al vientre.

—Síguele, síguele, ¿pa' qué te paras?

—Tu sudor… sabes distinto —comencé a limpiarme la boca.

—Cómeme hasta que me venga.

Por primera vez su sabor no me gustaba, era extraño, nuevo, agrio. Nauseabundo.

—Chúpamela —me sujetaba de la cabeza.

El nuevo sabor iba a hacerme vomitar. Manoteé.

—¿Qué pasó? ¿Ya no te gusto? —se reía.

Volvió a la posición inicial, a sujetarme justo como lo había hecho al principio, cuando llegó después de una semana de ausencia directo a mi cama, quién sabe de dónde, quién sabe de qué caminos, con qué suciedad en el cuerpo, con los sudores de cuántas mujeres; me penetraba como enfurecido, como él, como demostrando quién era. Y el dolor le ganaba lugar al placer y yo sólo quería que me dejara respirar, que terminara antes de que me rompiera algún hueso.

—Para que se te quite lo fresita —repetía.

Julio al fin se vino y se quedó dormido. Me abracé contra él. También me hubiera quedado dormida, de no ser por ese sabor molesto que aún sentía en la lengua. Amodorrada me levanté a orinar y a lavarme los dientes. Entonces entendí las palabras de Julio: al tomar la pasta de dientes me descubrí frente al espejo con la cara llena de sangre. Los senos, las manos, la entrepierna. Grité. Como si viera el fantasma de mi madre. Grité tan fuerte que me quedé ronca. Julio entró al baño y me abofeteó.

—Para que te lo sepas, traes encima la sangre de un cabrón con muchos huevos, y con todo y todo se lo cargó la chingada, porque la vida se gana a putazos. Así que no me vuelves a salir con que no puedes freír un pinche bistec porque te da asco. A mí no me sales con esas pendejaditas.

Yo, paralizada, quería correr a la regadera.

—¡A putazos! —salió Julio azotando la puerta del baño.

I

Fue en el curso propedéutico de la preparatoria cuando lo conocí. Era el clásico niño bien portado: la mamá lo dejaba en el portón de la prepa y ahí mismo lo recogía. En ese entonces yo sólo pensaba en weyes mamados y él aún no lo era, pero dejé que se me acercara porque era simpático y, como yo no era buena para hacer amigos, no podía darme el lujo de ponerme selectiva.

Se convirtió en mi mejor amigo, para qué hacer el cuento más largo. Toda la preparatoria fue mi paño de lágrimas, y vaya que hubo mucho que llorar. No porque me pasaran más tragedias que a la persona promedio, sino porque a esa edad uno sufre por cualquier cosa. Los pleitos con mi hermana y con mi tía; mi autoestima pisoteada; los niños populares que, por supuesto, nunca se fijarían en mí... todo me resultaba el fin del mundo. Además, yo era un ser tan nerdoso que me hicieron la típica broma de baile de graduación de película gringa: el chico popular que me pide ser su pareja y me deja plantada. Lo peor del caso es que yo sí llegué al baile a buscarlo, ingenua, creyendo que había tenido algún contratiempo para pasar por mí (sí, incluso me hizo creer que pasaría por mí). Todos podemos adivinar el final de la historia: la niña gorda ñoña en vestido de noche llorando desconsoladamente en el baño. Las seudoamigas molestas por tener que consolar a la chillona, tres o cuatro palabras de solidaridad, y salir inmediatamente a seguir bailando.

Pero mi historia tiene un plus: alguien decidido que no sólo azotó la puerta del baño de las mujeres, sino que se metió a pesar del desconcierto general:

—Vámonos ya, no vas a estar llorando por un pendejo. Me tienes a mí.

Me sacó jalándome del brazo, y en ese instante se me cayó la venda de los ojos: Julio ya no era el niño fresa casi transparente que olía a perfume. Julio tenía toda la voluntad necesaria para hacer de mí lo que quisiera. Fue como si lo mirara por primera vez, no al anterior, sino a otro, un Julio que no había conocido nunca y que, efectivamente, hizo de mí lo que quiso.

II

Cómo no codiciarlo. Mara llegó al antro con la frente tan alta y la mirada tan despectiva, como si estuviera manejando un BMW, como si portara la novedad de Tous antes de que saliera al mercado, o como si fuera del brazo del mismísimo Orlando Bloom. No era para menos. Ella llevaba una sonrisa de burla que le salía por instinto pero, al mismo tiempo, le salía falsa porque nunca la había practicado; era la primera vez que tenía algo para presumir y cómo no codiciárselo. Mara-treintañera entró con un maquillaje exagerado, chamarra imitación de cuero roja y abajo un top que pretendía ser sensual, pero yo ni siquiera me di cuenta, hasta después, hasta que me la encontré en el baño y sólo la miré para hacerle saber que iba a salirme con la mía. Es que cómo no codiciarlo, si era el hombre más hermoso que yo había visto y vería alguna vez en mi puta vida.

—Qué, ¿te gustó mi chico? —me preguntó mirándome a través del reflejo, porque no tuvo el valor de mirarme directamente.

—Claro. Cómo no me va a gustar.

Mara había atravesado el asqueroso pasillo del brazo de Julio. Era como si lo arrastrara. En cuanto lo vi supe que me jugaría hasta las pestañas postizas con tal de conseguir-lo. Yo estaba sentada en ese sillón puerco de la entrada sin decidirme a entrarle o no la fiesta. Era la bienvenida de la facultad y los de primer semestre estaban eufóricos, como si estrenaran una ID ingresando a un antro por primera vez. Con mensajes al celular intentaba convencer a Dante y a otra amiga de que nos fuéramos a un lugar menos lumpen donde no nos acosaran niños de dieciocho. En eso estaba, escribiéndole a mis amigos por enésima vez, cuando vi a Mara entrando con su ejemplar.

Las últimas semanas, durante los recesos, Mara había estado hablando de él, pero jamás lo había descrito. A nin-guna de las del salón se nos había ocurrido preguntarle. Se-ría cualquiera, un pendejo, un calvo de lentes con panza que sacaría copias en alguna oficina de gobierno. Mara no iba nunca tras los buenos partidos. Habían salido algunas semanas, y cuando Mara le preguntó qué eran, él le contes-tó que no había prisa en definir la relación, que ella era lo más valioso que él había tenido y que no quería estropear las cosas por andarse apresurando. No me quedó claro si por falta de experiencia o por estupidez, pero Mara dijo que eso era algo muy lindo, así me lo contó al día siguiente: "Es que mi bebé es tan lindo". Entonces me dio un escalofrío al imaginar al calvo en pañales. Así que, al llegar a la fiesta de bienvenida, no me atacó el morbo porque ni siquiera pensé en el asunto: Mara no iría con tal de no llevar a su novio para que no lo viboreáramos las arpías de sus compañeras. Pero llegó. Tan orgullosa como si llevara a George Clooney del brazo y a más de tres se nos escurrió la baba al mirar al susodicho (y apuesto a que todas, pero absolutamente todas, pensamos que era demasiado ejemplar para Maracuatrojos-tallanueve).

Dante me envió un mensaje al celular diciéndome que ya le había echado "ojo niño menor pero looser, vamonos qando digas", a lo que yo le contesté "VOY ENTRAR 1 RATO DEJENME SOLA VI CARNE".

Mara trastabillaba en sus tacones de doce centímetros, mientras trataba de lucir segura. Yo entraría, me quedaría en el mismo lugar un buen rato, y siempre alguien llegaría a ofrecerme un trago. Yo me acercaría al ejemplar después, sin que se enterara de que ya lo había vigilado.

Mara, de nuevo, hizo como que no me veía, ni siquiera se había acercado a presumirme a su no-calvo. Y cómo no, si él lo inundaba todo y no había manera de que Mara volteara a mirar a nadie más.

So, dejé pasar un tiempo prudente: suficiente para que Mara hiciera el ridículo en su intento de hacerse la mujer fatal pero no tanto como para que alguna otra zorra se me adelantara.

Mara era la mayor de nuestra generación. Todos la odiábamos por su mal gusto al vestir, por su ñoñez (era una tonta pero siempre lograba memorizar lo suficiente para sacar mejor calificación que cualquiera) y porque en todas las clases pedía la palabra para decir cualquier estupidez.

Era una ñora en toda la extensión de la palabra (una vez un compañero la hizo llorar en clase diciéndole que en lugar de estar perdiendo el tiempo, se quedara en su casa a cuidar a su hija, cosa que sólo sirvió para que ella se hiciera más matada que nunca y se parapetara en el cuadro de honor). Sin embargo, a mí me trataba muy bien. Como era amiga de mi hermana, creía que, por extensión, también era amiga mía. Idiota. A pesar de nuestras ojetadas, Mara no nos tenía mala voluntad. Puedo apostar que hasta nos tenía algo de admiración, respeto o envidia, porque de nosotros no dependía una familia. Siempre buscaba integrarse al grupo pasándonos apuntes o ayudándonos a estudiar. Por temporadas hasta dejaba de caernos gorda y ella, crédula, nos contaba sus cosas: los líos con los abogados para conseguir la custodia de su hija, los problemas con su madre, el nuevo novio… cosas que no nos importaban en lo más mínimo porque Mara no era parte de nosotros. Excepto el nuevo ejemplar, eso sí que resultaba interesante.

—No me presentaste, Mara —dije al acercarme, sin saludarla, para que quedara claro que era él a lo que iba.

—Te presento a Julio.

—¿No bailas? —a lo que iba.

No lo solté en la primera canción, ni en la siguiente hora.

Mara parecía una niña malportada tratando de conseguir atención: gritos, berrinches, lloriqueos. Al fin, me siguió al baño y ahí me dijo:

—Qué, ¿te gustó mi chico?

Pero por supuesto.

Me le adelanté al salir del baño para que cuando volviera me encontrara fajándome con el ejemplar.

Claro, Mara dejó de hablarme de una vez y para siempre y se acabaron sus favores para el grupo y su interés en pertenecer. Me sentí algo mal por haberle jodido lo de Julio, pero en fin.

¿Que si valió la pena la relación? Por breve, por enfermiza, por intensa, por su espalda, por su voz, por su porte, por su piel valió la pena una y mil veces; a pesar de lo malo, a pesar de lo doloroso, a pesar de lo rasgado que me haya quedado el corazón.

III

"Morenazo alto mamado". Su visión sonaba a anuncio clasificado de venta de hombres. Morenazo mamado de espaldas. El deseo cumplido se desvanece pero ese deseo no se desvanecería ni cumpliéndose. Me dirigí directo hacia él y me paré justo detrás suyo en la fila para comprar boletos de autobús. Voz ronca sin llegar a rasposa y yo consciente de que no me había puesto una gota de maquillaje, los ojos hinchados, el cabello oliendo a humo, migraña. "Wey jodidísima cruda, incluye olor a mota". Yo parecía anuncio de remate de basura.

No titubeé antes de formarme detrás de papazote. Difícilmente voltearía a mirarme. Yo no estaba en condiciones de gustarle a nadie. La visita a la tía Marina, que duraría veinticuatro horas, había pasado a segundo plano cuando conocí a unos estudiantes de geología que, como no había más diversión en Linares, armaban su propia fiesta y creaban un mini Real de 14 en la Ex Hacienda de Guadalupe. No es que los tipos lucieran interesantes, pero me agradó que me pusieran tanta atención. Supuse que no trataban con muchas mujeres, o al menos, no con chicas fáciles. También supuse que aparte de ellos habría muchos otros, y varios de muy buen ver, así que le dije a la tía que sólo iba a pasar la tarde con ella y al anochecer me iría a Monterrey.

En lugar de eso me fui al intento de Real, a una fiesta que resultó ser un completo fracaso, llena de geeks con camisas de franela, mariguana que se terminó inmediatamente, cervezas al tiempo (calientes) y cumbias. Además dos chavas súper naquitas que no sé de dónde salieron y babeaban por uno de los nerdosos. Me aburrí inmediatamente y me tiré a dormir en uno de los sleepings porque ya no había manera de regresarme ni a mi casa ni a Linares. Pero a las tres de la mañana a esos weyes les dio por sacar una guitarra y ponerse a cantar canciones de José Alfredo y ya no pude dormir más.

En ese estado deplorable llegué a las ocho de la mañana a la central de autobuses de Linares buscando un boleto para Monterrey. Y vaya, no me hubiera imaginado que en esa ranchiciudad, aparte de hacer glorias y marquetas, hacen chicos guapos. Mamados, altos, morenos, mamones. Y yo sin maquillaje, en huaraches casi chanclas y con la cara por demás descuidada porque, ¿quién se saca la ceja para la visita anual a la tía Marina? Justo cuando me formé detrás de él, abrieron la otra ventanilla en la taquilla.

—Aquí la atendemos, señorita.

Me moví mientras decidía que no planearía otro acercamiento, porque no valía la pena el esfuerzo: era un ligue perdido aún antes de intentarlo.

—Uno a Monterrey, por favor.

—En diez minutos sale.

Olvidándome del asunto me senté a esperar diez minutos, o nueve u ocho. Ya quería subirme al autobús, llegar, bañarme y olvidarme de looser-fiestas de una vez y para siempre.

Por la tarde tendría que llevar a Cinthia a su clase de natación. Ése era el trato: mi hermana cocinaba y yo llevaba a mi sobrina a sus múltiples prácticas deportivas. Como vivíamos a pocas cuadras de distancia, esto no nos causaba grandes complicaciones. Además, todos los días quería ver a mi sobrina aunque fuera un ratito; ya parecía más mi hija que de Sofía, siempre me estaba apañando la ropa, los zapatos, si yo me ponía rayos, ella los quería igualitos, si a mí me daba por traer fleco, a ella también.

Al subir al autobús y mirar por la ventana, vi cómo el calor de Linares se manifestaba en forma de vapor que salía del concreto creando una extraña neblina. Mientras lo miraba, pensaba en la estatura de Cinthia, en lo rápido que iba creciendo, en que yo, a su edad, era una niñuela tímida escondida tras las faldas de su hermana mayor; en cambio ella ya hacía y deshacía, iba y venía, y nosotras la dejábamos mientras no se metiera en líos.

Estaba tan absorta pensando en eso, que ni siquiera me di cuenta cuando un papazote mamado llegó a sentarse junto a mí.

—Tú eres Fernanda, ¿no?

—¿Ah?

—De la Mariano Escobedo... la secundaria.

Mi tía Marina había hecho todo su esfuerzo por meterme a una de las escuelas públicas más reconocidas de Linares.

—¡Julio!

Eso fue en una época en la que mi hermana se había enfermado y tuvo que cuidarme mi tía Marina, la única persona que se preocupaba por nosotras. Faltaban sólo tres meses para que terminara el ciclo escolar cuando llegué a Linares, y desde el primer día que fui a esa secundaria, me fijé en Julio porque uno a esa edad se fija en cualquier cosa. Eso, más que yo tenía la romántica sensación de que la vida y la distancia nos separarían, hicieron de Julio mi primer amor platónico. Y digo platónico no porque Julio fuera inalcanzable, sino porque yo, la verdadera yo, estaba escondida debajo de quince kilos de sobrepeso y unas gafas tipo avispón.

—Estás muy distinta. Podría enamorarme de ti —Julio no perdió el tiempo.

Pues sí, en los días de la secu debí haber estado horrible para que muchos años después, sin maquillaje, oliendo a mota y sin haberme pasado un cepillo por la cabeza, le pareciera atractiva.

Resultó que se había mudado a Monterrey e iba a Linares de vez en cuando a visitar a sus papás, que le iba bien en la vida y que él, al igual que yo, había mutado: ya no era el flaco niño alto que caminaba encorvado y que no tenía más malicia para aprovecharse de mí que copiándome la tarea de matemáticas. Resultó que de la central de autobuses de Monterrey lo invité a mi departamento, que esa tarde Cinthia se quedó sin ir a su clase de natación y que Julio no salió de mi depa hasta el día siguiente.

IV

Yo tenía a alguien. De una vez y para todas, él era mío. Para ya no buscar, para ya no llorar, olvidarme de corazones rotos y rencores. Yo ya estaba pagando una casa y amueblando un corazón. Poniéndole candado a las ventanas para mirar sólo lo que hubiera adentro. Quedarme con el calor de la chimenea, tomar vino al echarme sobre la alfombra. Comer queso, hornear mi propio pan. Afuera estaría la lluvia, el viento, los charcos después de la tormenta. Adentro estaría abrigada y cómoda, inventándole nuevas reglas a los juegos de mesa y distintas canciones al caer de las gotas. Porque afuera estaría la lluvia. Y de pronto, ni cuenta me daría de que esa lluvia sería una gotera a mis ojos, y entonces querría, de nuevo, correr a enlodarme y a tener frío. A tener un llanto completo encima del cuerpo, y frío. Todo el frío del que era acreedora.

V

Lo conocí tal como lo que era: macho mamón insolente. Lo primero que le dije fue "pendejo" y le pinté el dedo. Lo primero que él me había dicho era:

—*Caminas porque quieres, con ese culito te han de sobrar los choferes.*

Dimos la vuelta mi vecina y yo, y entonces oímos el rechinido de llantas.

—¡Nos están siguiendo! —dijo mi vecina asustadísima. No le contesté nada, el auto frenó justo frente a nosotras, eran tres weyes y el que nos había chiflado era el que iba manejando.

—No corras, no seas tonta —sujeté fuertemente la mano de mi vecina para que no me dejara sola.

El tipo no dejaba de mirarme a los ojos. Se bajó: buenísimo.

—Te ofrezco una disculpa, no era mi intención ofenderte.

¿Qué se puede contestar en ese caso? Lo único que quería era que me llevara con él.

—Fernanda.

—Julio.

2

Puedo tener muchas historias, pero solamente hay un nombre. Todas mis historias son ciertas, pero los nombres se borraron y solamente quedó uno: Julio mi niño de prepa, Julio mamón que me avienta el carro, Julio en la secundaria, Julio al que conocí en un antro, Julio que llega a mi vida un mes antes de mi boda y la arruina. Son mis historias más importantes. No quiero perderlas. Lo que olvidé son los nombres. A partir de Julio no hubo uno más, no hubo ninguno antes. Eso era más que suficiente.

3

No lloraría, no estropearía las cosas. Ése era mi único pensamiento claro. Todas las demás ideas eran un chillido agudo del cual no podía escapar, como esa sensación de cadáver embarrado. Un chillido ininterrumpido dentro de mi cabeza, un ruido que no podría amortiguar más que estrellando mi cráneo contra la pared. No llorar, no estropear las cosas. Alguna manera tendría que haber, algún dolor tendría que provocarme, y sólo se me ocurría morderme las manos y los antebrazos hasta dejarme los dientes marcados, hacer una pausa cuando me quedara sin aire y volver a comenzar. No lloraría, no estropearía aún más las cosas. En cuanto apareciera el dolor cesaría el caos. Si Julio hubiera entrado en ese momento, me hubiera encontrado completa, obediente: ni lloriqueos ni gimoteos. Íntegra. Total. Si fuera una Barbie de plástico, hubiera podido lacerarme sin mirar una gota de sangre, abrirme la piel, desollarme, y mi cuerpo al fin respiraría. Pero no lo era. Mis fluidos estaban conmigo y ahí debían quedarse. Punto. Ésa debía ser la definición de "contenerse": todo mi cuerpo contenía a Fernanda. Mi cuerpo era una olla exprés que no debía dejar salir nada. No llorarás. No mirarás la sangre de tu prójimo. No tocarás ni tu propia sangre. Si te escurrieses sobre ti te quemarías la piel. Si te permitieses fluir, no resistirías la tentación de vaciarte completa: dejarías ir toda tu agua, toda tu sangre, te escurrirías por los mosaicos, te irías por la coladera. No despertarás a Julio. Sólo fumarás tabaco para no imaginar carreteras, pistolas ni destazados. Después quemarás las sábanas y la ropa. No preguntarás, no pensarás. Ignorarás el horror.

No sé cuántas horas estuve en la tina. Cambié el agua muchas veces. La piel se me arrugó. Vomité en el inodoro, deposité sobre mí la culpa: debí prevenir esto; yo fui quien no lo evitó. Tratar de vomitar sin hacer ruido me causaba mucho más asco del que ya sentía, pero no debía despertar a Julio.

—No dejes que te empine —me había dicho Julio hacía mucho, refiriéndose a sí mismo.

Julio no se disculpaba jamás, y ya estaba siendo demasiado amable advirtiéndome:

—No dejes que te doble, si vas a dejar que esto te afecte te me largas de una vez, porque yo quiero una vieja, no una muñequita miona.

Y yo sólo quería ser una Barbie de plástico, para cortarme sin que me saliera sangre. Aquella había sido la única vez que me vio llorar: la primera vez que descubrí que él se acostaba con otras, muchas, nunca supe cuántas.

En esa ocasión lo abracé y le dije:

—El día que vayas a dejarme, antes de que salgas por esa puerta, me metes un tiro por la nuca.

Él me contestó:

—Ay, mamá, pero si te encantan las telenovelas.

En contra de ese cabrón no había voz, no había ley, no había voluntad. A los pies de ese cabrón yo había dejado mi vida para que la pateara cuanto quisiera.

—Si ya sabías, un wey como ése no es de una sola mujer —fue lo único que dijo mi hermana cuando le conté lo de las otras.

Ni le contesté que esperaba que conmigo fuera distinto, porque me iba a ver muy pendeja.

Sofía tenía toda la razón. Pensaba en ella, en las otras, en la tina, en la consistencia del jabón, en cualquier cosa con tal de evadir pensamientos rojos.

Sofía, sácame de la tina. Sofía, ángel de mi guarda.

Amanecía. A esas horas mi hermana estaría saliendo de su turno nocturno en el hospital, Cinthia seguramente estaba dormida. Yo seguía enrojecida en la tina, temblando porque el agua ya se había enfriado y no quería volver a cambiarla para no hacer ruido.

No me desampares ni de noche ni de día.

Sofía niña me había enseñado un rezo, sólo uno, que había oído a medias en la televisión. ¿Qué educación espiritual puede esperarse de alguien que apenas inicia la secundaria? No me desampares ni de noche ni de día. Hasta ahí nos sabíamos.

Quise llamar a mi hermana pero tendría que atravesar el cuarto para tomar el teléfono. El celular también lo había dejado al otro lado de la habitación.

Aún con sus ojos acusadores, Sofía era para mí una especie de alma gemela, el único ser en este planeta que podía entenderme.

Sofi, ven.

Así la llamaba yo de niña, cuando tenía tanto miedo debajo de las cobijas que no podía ni gritar. La llamaba con el corazón y Sofía, como si adivinara, se asomaba a mi cuarto a ver cómo estaba, a dejarme un beso en el cachete, a acomodarme las cobijas. Yo me hacía la dormida: el miedo ya había desaparecido.

Sofi, ven, toca la puerta, pregúntale a Julio por mí.

Sofi, contigo nunca se enoja, dile que traes el desayuno.

Sofi, enfrente de ti nunca me habla mal siquiera.

Ven, quiero salir de la tina.

Sofía era la única que no se burlaba de mí si me desmayaba al ver sangre, la que entendía por qué yo no cocinaba. Sofía jamás llegaba a mi casa con su uniforme de enfermera, porque aunque estuviera recién lavado, sólo pensar en muertos e inyecciones me causaba repulsión. Sofía, desde que estaba en secundaria había cocinado para que yo comiera. Ella tenía trece años, yo seis. Sofía iba a la escuela en la tarde y yo en la mañana para que mamá nunca estuviera sola. Mi hermana no criticaba a mi mamá, tampoco la veía con ojos acusadores. La miraba con ojos suplicantes para que despertara.

Sofi, ven, empuja la puerta, papá llegó borracho.

A ti no te pega, a ti no te grita porque ya estás grande.

Sofi, otra vez se están peleando.

Sofi, no puedo gritar. No oigo, no veo, mamá me pesa.

Mamá me pesa, Sofi, me está abrazando pero pesa.

Sofía, no me desampares ni de noche ni de día.

Una tarde de hace años Sofía sintió que sus piernas tenían voluntad propia: se escapó del laboratorio de biología y saltó la barda de la escuela. Yo estaba tan asustada y era tan pequeña que no tenía mucha conciencia de las cosas.

Sofía llegó corriendo, agitada. Años después me contó que no pensó en el castigo, sino que sentía una necesidad de llegar a la casa. Que era tanta su urgencia de correr que, para obligarse a avanzar más rápido, se imaginaba que una jauría de perros rabiosos iba persiguiéndola, que hasta se cayó y al dar el paso de nuevo, sintió que la rodilla se le volteaba para atrás, pero que no podía parar. En algún momento pensó que iban a expulsarla de la secundaria por haberse escapado, pero ya no podía regresar.

Desde entonces lo sé: Sofía es ese ángel que se encarga de mí. Único ángel guardián, no me desampares ni de noche ni de día. Sácame de la tina. Como ese día, ángel, que casi te rompes la rodilla por llegar pronto a casa para descubrir que tenía el cadáver de mi madre engarrotado encima.

4

Una trompeta desde un tocadiscos viejo que se interrumpe: *Y con especial dedicatoria para los que pagan por lo que a nosotros nos regalan.* Era otra vez esa canción misógina que cómo le encantaba a Julio, y que a mí me cagaba, sobre todo ese pedazo que dice *si tienes flow en la cama serás la funda para mi macana.* Nefasta. Pero ahí metida en la tina, me hizo feliz oír, y a todo volumen, esa rola: no podría significar otra cosa más que Julio estaba contento. Salí pronto de la tina, antes de que a Julio le cambiara el humor.

Abajo, Julio bailaba hip hop a ritmo de salsa.

—*Mira cómo lo baila, lo mueve, sabrosa* —cantó atrayéndome hacia él. Me acerqué porque estaba mojado, acababa de ducharse en el baño de abajo.

Ni él ni yo diríamos nada de lo sucedido la noche anterior. Me abrazó para bailar, eso quería decir que estaba dando por perdonado todo lo sucedido.

—*Mira cómo lo baila, lo mueve, lo goza* —me agarraba de las nalgas.

De todo su pinche hip hop, la canción que yo particularmente odiaba era ésa.

—*Yo soy fácil, si tienes flow en la cama serás la funda para mi macana* —tarareaba Julio, modorro, abrazándome, contento.

Cuando Julio empezó a hip hopear las rolas del Cártel de Santa yo lo soporté, pero cuando se afilió al Club de Fans Jauría de Perros, me alteré por andar con un wey so freak. Todavía lo soporté, pero que fingiera ensayar con sus amigos sábados y domingos en la cochera a partir de las ocho de la mañana era demasiado. Demasiado.

—Tan temprano y jodiendo con ese puto reguetón —trataba de molestarlo, pero Julio me tiraba a león, ni siquiera me oía, clavadísimo, tratando de sacar alguna canción de esas híper nacas que yo odiaba.

No sé qué fue lo primero que escuché del Cártel: de la noche a la mañana ya los vidrios de mis ventanas cimbraban al ritmo de *si los perros están ladrando es porque el Cártel trae el mando y seguimos cabalgando*.

La única vez que estuve en un festival de hip hop fui, obviamente, arrastrada por Julio. A esas alturas yo todavía era niña fresanova, y estar en un concierto entre puro mariguanillo me frikeaba. Detenía las manos de Julio a mi alrededor, para que nadie se me embarrara, pero Julio estaba en su viaje, alzando las manos, empujando weyes, brincando, gritando, parecía que conocía todas las canciones de todos los raperos locales.

—Julio, me están empujando.

Harta. Simplemente estaba harta. Quería que nos fuéramos pero Julio me ignoraba.

—Me dieron un codazo, Julio. ¡Yeyo, mira!

Pero los Cabrones ni me oían, ellos andaban en su pedo, clavados en la música, cuidando que nadie se le acercara a Julio, rodeándolo, como si la nena fuera él y no yo. A mí hasta me dejaban afuera de su círculo. Estábamos como a cuarenta grados, bajo el sol de la Macroplaza y oliendo el sudor de los fans, quién sabe cuántos.

—Me pisaron, Julio, vámonos.

—¡Bueno, qué pinche nenita me saliste!

La Coyota, el más alto de los Cabrones, uno de esos güeritos de rancho que son feos como la chingada pero güeros, con su cabello cortado a la Príncipe Valiente, ponía una cara de satisfacción cada que Julio me gritaba.

—Ya me quiero ir.

—Pues ya te estás tardando.

No me animé a meterme entre las olas de hommies, aunque en realidad ni se veían tan malos. De hecho eran adolescentes en su mayoría, daban ternura haciéndole al malandrito, queriendo verse bien gánsters, con playeras de cholos y todavía sin tatuajes porque seguramente en sus casas no les daban permiso. Las chavitas traían casi todas arracadas grandotas, de plástico, y más que hip hoperas vestían como reguetoneras, ¿qué iban a saber de estilo si venían de las colonias más pinches?

Ya casi estaba decidiéndome a salir cuando apareció el Cártel de Santa y todo se puso peor: las morras gritaban hasta enronquecer, todo mundo empujaba para acercarse al escenario, la euforia colectiva estaba a todo lo que daba, y yo atrapada, con un vestido pegadito, empezaba a sentirme violada. A Julio no le importaba que la gente me apretujara porque ni siquiera se daba cuenta: sus ojos, su boca, todo él, estaba en el escenario, y es que los weyes del Cártel estaban sobre la tarima. Era la primera vez que yo los veía en vivo:

—Julio, ¿ése cómo se llama? —él me ignoraba aunque me tenía casi colgada del brazo.

—¿Ése quién es, Julio?

—Ése es el Babo —se dignó a contestarme el Yeyo.

—¿El pelón?

—Ese mero.

Pelado tatuado pelón, imponía, cabrón que imponía. El Babo se movía en el escenario como si caminara por su cuadra, alardeando y gritoneando. Dueño. En cuanto abrió la boca se me puso chinita la piel de la espalda. Esas canciones que yo había oído a la fuerza, tantas y tantas veces, ahora cobraban cuerpo y peso. Coincidían perfectamente: voz, cuerpo y discurso eran lo mismo. *Perro fiero, carnicero*, por donde se mirara.

—*Denme más, perros* —gritaba Babo, y todos brincábamos al ritmo que él nos indicaba.

—*Quiero más, perros.*

Todos levantábamos las manos, como si participáramos en un extraño culto. Estirábamos las manos como si fuéramos a recibir una bendición. Todos queríamos acercarnos al escenario. Yo sentía que la Coyota, de metro ochenta, hasta se me atravesaba adrede para no dejarme ver.

—Qué tanto le gritas al Babo, pendeja, ni que te fuera a escuchar —me dijo Julio.

Sentí envidia por todas las quinceañeritas que gritaban sin que nadie las callara, que podían aullar "Babo, te amo", "Papi" y demás estupideces. Empezó la canción "Mi chiquita", a ritmo de salsa, hip hop con huiro. Julio me jaló para que bailara con él, y yo que quería seguir viendo cómo Babo manoteaba a cada sílaba que pronunciaba.

Cuando me soltó, como ya nadie me veía, por debajo del vestido me empecé a deslizar la tanga hasta las rodillas, me la quité y la aventé lo más lejos que pude. Lo que sintió Julio fue el vitoreo de los tipos que me rodeaban, y me agarró las nalgas para cerciorarse de que había sido yo.

—Qué, ¿está más bueno el Babo que yo o qué pedo?

Tuve un escalofrío cañón que se me pasó en cuanto Julio empezó a reírse:

—Mira —Julio me señaló que el Babo había recogido mi tanga—, hasta la olió. Pinche huilo —seguía riéndose.

El Babo hizo una señal de agradecimiento y siguió rimando. Julio se emocionó como si fuera a él a quien le habían agradecido. Pocas veces lo vi tan contento. Me abrazó, no tanto para tenerme cerca como para marcar territorio. Y no, definitivamente, no estaba más bueno el Babo que él.

Siguió otro grupo, a mí se me desapareció el encanto y otra vez me di cuenta de que estaba entre puro hommi pegosteoso.

—¿Nos vamos?

Julio volteaba para todos lados.

—Córrele. Para acá.

Me sacó jalándome, sin importarle que me atorara entre los cholos.

—Pinche brusco, déjame —me estaba lastimando el brazo.

—Ven. Apúrale.

Al fin salimos a la calle.

—Tienen que pasar por acá —me dijo llevándome a una puerta, y justo en ese momento salían Dharius y Babo, MCs del Cártel. En ese entonces el Cártel de Santa aún no era EL Cártel de Santa, por eso uno todavía podía acercarse a ellos.

—Qué onda, cabrón —Julio lo saludó como si lo conociera.

—Qué pedo —le contestó el Babo con un fuerte apretón de manos, de esos con grandes aspavientos que hacen los norteños cada que se encuentran a un amigo.

El Dharius y yo nada más nos miramos. Era como si nosotros no estuviéramos.

—Nada, que te vengo a presentar a mi vieja porque le gustas.

What the fuck.

—Quihubo, mami —dijo el Babo con esos ojos. Sí, como si me hipnotizara con los ojos y con la voz pudiera arrastrarme. Y yo que no soporto que nadie me diga "mami", pero no había razón ni manera de protestar.

—Hola —dije dudosa, porque la cordialidad entre dos machos dominantes es pura falacia.

De ahí no pasó. No supe bien por qué Julio nos presentó con nombres falsos y les dijo que eran chingones, que le echaran muchas ganas, y ya; cada quién se fue por su lado. No he podido descifrar bien a bien por qué ese diálogo me irritó tanto que la sensación molesta persiste al día de hoy. Aunque sospecho que mi molestia está relacionada al hecho de haber conocido al Babo en esas circunstancias, en las que yo quedé como una entre miles de chicas de look reguetonero, una fan más, imperceptible entre tantas otras. Quizá mi molestia deriva de que, con el maquillaje corrido por el sudor y el cabello pegado al cuello, no se notó que yo sí tengo estilo, yo sí tengo lana, yo sí tengo un nombre: me llamo Fernanda Salas y no tengo que andar alardeando nada porque lo que soy se evidencia.

5

Estaba ahí en la sala, con el cabello escurriéndome, sintiendo que la noche anterior no había existido.

—*Ven para acá mami, que quiero todo tu dinero* —me cantaba Julio, contento.

Cuando terminó su canción, me preguntó si iba a ir a la escuela y le dije que no; aunque había quedado de verme con mi amigo Dante en la biblioteca para hacer una tarea.

—Vístase pues —me dio una nalgada—, pa' irnos a almorzar.

—¿Vamos a ir con los Cabrones?

—No. Quiero ir nomás con la vieja más mamona y más buena. Ándele.

Eso no significaba que ellos no iban. Significaba solamente que sí iban, pero para respetar nuestra privacidad se sentarían en otra mesa.

Regresamos poco después de mediodía. Pasé la tarde quemando sábanas y ropa en un tambo en el patio. No era la primera vez que me tenía que encargar yo de esas cosas.

—¿Pa' qué tanto pinche humo? —gritó Julio y nada más se oyó la carcajada de los Cabrones que jugaban PlayStation en la sala. Él creía que jamás ley alguna le pondría mano encima.

6

Yo amaría de ti todos los cabellos, todos los poros de tu cuerpo y esas escasas y esporádicas sonrisas. Yo amaría tu espalda, tu olor y tu aliento, aún turbio y confuso. Yo amaría todas tus palabras. Tus ojos grises. Te amaría sobre todo en las ausencias. Las horas en que te recreo porque no hay manera de saber dónde estás. Lamería hasta agotar tu piel oscura. Para ocultarme buscaría tus ojos. Me desnudaría ante ti para saberme protegida. Te ofrecería el corazón si te atrevieras a arrancármelo con las manos.

7

—Es que yo no entiendo, dices que la escuela te importa pero haces cosas de que no te importa, y como tienes a tu estúpida que te haga la tarea, ya no haces nada, ¿verdad? —me habló Dantina en la noche para recriminarme por haberlo dejado plantado.

—Perdóname la vida, wey.

—Ahí me tienes esperándote mil horas.

Aún fingiendo un tono de regaño, Dante se reía. Pude imaginarlo del otro lado de la línea, mostrando sus dientes perfectos, cutis blanco, nariz operada… más bonito que yo, chingada madre.

—Y ese güerito qué —me había dicho Julio un día que Dante me estaba esperando afuera de la escuela.

—Es joto —dijo la Coyota.

—Ah, sobres.

Y ya, nunca hubo pedo. Hasta me dejaba que lo invitara a la casa o que yo fuera a la de él, que saliéramos juntos y demás.

—Ya, mañana vamos a los faciales —seguía jugando a contentar a Dante.

—Mejor vámonos a McAllen, qué hueva quedarnos aquí.

Teníamos semanas tratando de ir al gabacho a comprar ropa, pero siempre se nos atravesaba algo. Aunque me agradó mucho la idea, no me animé a decirle porque no sabía si iba a poder.

—Sí —seguía insistiendo Dante—, le dices a uno de los tipos que la haga de chofer, y ya, nos lleva, y llegamos y luego ya nos trae de regreso. Y compramos mucha ropa y muchas cosas. Yo quiero ropa y unas botas. Sí, yo creo que hay que decirles a los matones que nos lleven.

—Chingado, que ni de broma te expreses así.

—Uy.

—O sea. Te vale madres que a mí me pueda pasar algo.

—No, wey. A ti es a la que le vale madres lo que pueda pasarte…

Siempre terminábamos de pleito por lo mismo, nos mentábamos la madre, nos cantábamos los favores y cualquiera de las dos colgaba para al día siguiente buscarnos como si nada hubiera pasado. Pleito de divas.

Colgué y me puse a ver la tele en el cuarto. Eran como las diez y la casa se había quedado vacía. Quién sabe a dónde se habrían ido Julio y los Cabrones, y quién sabe si volverían en ese rato.

Me hice unas palomitas en el microondas y me puse a ver el canal de Sony. Ni siquiera quise llamarle a Sofía para saber cómo estaban. Me quedé dormida con la horrible sensación de estar peleada con todo el mundo.

8

Ese pinche Yeyo hijo de su chingada madre que jamás en la puta vida traía llaves.

Todos los pinches Cabrones entraban y salían como Juan por su casa. Al principio, esta situación me alteraba pero me fui acostumbrando, después de todo, no era tanta tragedia no poder andar en calzones por los pasillos. Le empecé a ver el lado positivo: siempre que algún wey llegaba, a la hora que fuera, tenía una sensación de alivio: era como tener guaruras. Así que cualquiera que abriera la puerta y se sentara a ver la tele ya no me molestaba tanto. Excepto el pinche Yeyo que, aunque tenía llaves, siempre hacía como que no las encontraba porque no le gustaba entrar sin tocar.

Pero en sábado a las ocho de la mañana, tocar la puerta como un gesto de cortesía me parecía más bien una mentada de madre.

—¡Que voy, chingado!

—Qué genio, muy mal. ¿Ahora qué le pasa a Miss Alegría?

Era la Dantina, fresca y lozana, que había llegado con su playera de la reconciliación.

—¡Dantesa! —lo abracé.

Me alegró mucho verlo, pero a la vez me apesadumbró: seguramente querría que fuéramos a McAllen.

—Ya, wey, ya decidí que ya no te voy a decir nada ni te voy a criticar ni nada; yo te quiero así, tan pendeja como eres.

Que perdóname, que no, que perdóname tú a mí, que yo te quiero, que yo también, que de veras no vuelve a pasar, que no, que sí, dime, abracito… lo de siempre. Dante my girlfriend.

Subí a bañarme mientras Dante desayunaba cereal frente a la tele de la sala.

—Danta… ¿agarraste mi playera? —grité desde arriba.

—Sí, como me queda la talla chica.

Era una playera idéntica a la que traía puesta Dante. Rosa, con un enorme corazón blanco y verde estampado al frente con la leyenda "Presto love". Dante las había traído de Roma el verano pasado (se había ido a Italia porque tenía un novio al que dejó por un siciliano hasta que conoció a un canadiense con el cual se regresó a México). Me encantaba el juego de palabras que se hacía en pocho.

No encontré la dichosa playera y tuve que ponerme cualquier cosa. Dante me hizo jetas cuando vio que bajaba con una blusa morada equis.

—No la encuentro, se me hace que la chacha me está bajando la ropa, porque tampoco encuentro mi vestidito Louis Vuitton.

—Dice mi tía la bruja que el morado ahuyenta el amor, que es un color muy bonito pero que sí, ahuyenta el amor.

—Se me está perdiendo la ropa, está bien raro, ¿no?

—¿Y te acuerdas de mi tía la solterona? Bueno, a ella le encantaba el morado.

—¿Qué hago, le pongo uniforme a San Juana? Es que se me hace como bien ridículo que le pongan uniforme a las chachas, se me hace como de gente que no tiene dinero pero quiere presumir que sí.

—Y luego le dio la diabetes y ya, se murió.

—Y es que ni me doy cuenta de cuando se me pierden las cosas, hasta que las necesito y no las encuentro.

—Pues ya, en McAllen le compras el uniforme a San Juana.

—Pero no le dije a Julio.

—Pues llámale, que nos preste un chofer y ya nos vamos.

En eso estábamos cuando oímos rechinidos de llantas. El primero que entró fue la Coyota. Ni siquiera saludó, se me quedó viendo a las tetas, se sentó junto a Dante y le arrebató el control remoto.

—Vámonos para arriba, Dantín —le dije al momento que entraban los demás.

—¡Flaquito! —gritó Dante cuando vio entrar al último Cabrón—. Regálame un chocolate, Flaquito.

El Flaco le sonrió y le extendió un Carlos V. Siempre traía las bolsas del pantalón llenas de Carlos V. Le encantaba fumar mota mientras comía chocolate. No tenía más vicios y odiaba el tabaco, porque decía que no quería que le diera cáncer.

—Ay, Flaquito, tú te mueres antes de que te alcance a dar cáncer —le contestaba Dante —. Ya termina la secundaria, Flaquito, deja a esta pinche gente que nomás te está chupando el alma.

El Flaco nunca le contestaba mal ni bien, el Flaco nomás sonreía. No era amistoso, pero tampoco era grosero como la Coyota. Yo siempre le decía a Dante que para qué lo aconsejaba, si ni le iba a hacer caso; Dante me contestaba que le recordaba mucho a sus alumnitos de la secundaria de colonia pinche donde había hecho su servicio social.

—Tan chiquitos, wey, y ya le perdieron todo respeto a la vida.

Cuando íbamos para arriba Dante y yo, entró Julio sin siquiera mirar a mi amigo.

—Vete a arreglar el pelo, a la noche vamos a ir a una fiesta —me indicó extendiéndome la mano con varios billetes.

Volteé a ver a Dante, sin saber qué decirle.

—¿Vamos? Y ya el próximo fin vamos a McAllen, ¿sí? —le pregunté apenada.

—No, Fernanda, ya forget it.

Como Dante se fue, le hablé a Sofía para ver si ella quería ir conmigo.

—¿Bueno? —reconocí la voz de mi sobrina.

—¿Cómo estás, mijita?

En lugar de contestarme, me dijo que su mamá todavía no regresaba del trabajo y que ya tenía que colgarme porque una vecina iba a llevar a todo el chiquillerío de la cuadra a Bosque Mágico. Definitivamente sonaba mucho más divertido el plan de Cinthia que el mío.

—Con mucho cuidado, mamita. Cualquier cosa me marcas al celular.

—Sí.

—Y no te vayas a asolear porque luego te sale sangre de la nariz.

—Sí —respondió Cinthia con fastidio.

No tenía a nadie más a quién llamarle. Ir sola a ese rito del salón de belleza me pareció un tanto patético. Ni hablar.

9

Mi hombre quería presumirme a la noche y yo quise que mi hombre me exhibiera. Yo sería su objeto más valioso. Él me tomaría del brazo y me llevaría a donde quisiera, pero las mujeres no verían eso, verían solamente que mi hombre era mío. Por eso me llevó a su fiesta. Vestí mis ojos y alisé en orden perfecto mis cabellos. Él me llevó del brazo: yo cabría en su mano. No me arrastraba, me guiaba, porque a cualquier lugar que él quisiera llevarme yo querría ir.

La reunión era en uno de los antros más fresas de San Pedro, al que yo ni siquiera había soñado entrar alguna vez. Me moría de las ganas por marcarle a Dante para contarle que en la entrada los guarros estaban corriendo a la gente diciéndole que se trataba de un evento privado, pero no le hablé porque seguramente seguiría enojado conmigo.

Julio me llevó del brazo para dejarme ahí, en el pasillo que conducía tanto a la pista como a las salas que la rodeaban. Se reunió con los demás hombres que hacían bolita en una mesa, se metió un par de veces a una salita muy VIP, se olvidó de que yo iba con él. Me quedé ahí en medio, parada, sintiéndome un estorbo para todos los meseros que iban y venían aprisa, ridícula con mi vestido Versace sin nadie que lo apreciara. Yo sólo quería bailar, con él. Él no. Él quería mirar. Aspirar y mirar. Casi todos eran desconocidos, pero Julio ni me presentó a nadie ni me acercó a los que sí conocía. Alguien debió preguntarle por mí, porque Julio, sonriente, volteó y me guiñó el ojo. Yo quería bailar, pero no podría sacarlo del grupo de machos en el que se había metido.

Me senté en la salita que me quedaba más cerca. Al parecer, todas las mujeres abandonadas en el pasillo iban a dar a esa sala. Aburrida, incómoda, empezando a sentirme molesta, me acerqué al grupo de las mujeres, porque me iba a ver muy mal si me sentaba sola y porque Julio ya me había advertido que tenía que poner buena cara el rato que nos quedáramos, así fuera toda la noche.

Tímidamente, fui mezclándome entre las demás. Todas con peinado de salón, vestidos caros, todas reconociendo el espacio, algunas tratando de integrarse con las demás. Al parecer, tampoco se conocían entre ellas.

—Dime si está precioso o si es solamente que trae un reloj de cinco mil dólares —me preguntó acercándose una chica, justo en el momento en que yo consideraba muy seriamente la posibilidad de irme a esconder al baño. Señalaba a Julio con su copa y con la mirada.

—¿Eh?

—Ponte éste —me había dicho Julio cuando me vio vestida para la fiesta con un short y una blusa amarillos. Yo me sentía festiva y hermosa, pero a él no le había parecido suficiente; sacó un vestido plateado, ajustado y corto que yo reservaba para alguna ocasión especial.

Julio sabía a dónde íbamos y si él no me hubiera escogido la ropa, me hubiera sentido por demás incómoda entre tanto glamour. Parecía una competencia de accesorios caros. Al momento, yo no iba ganando.

—El wey de la camisa negra, que si será él o será el reloj.

—Ah. No es el reloj, es él.

La mujer que me había hecho la pregunta rio.

—¿Vienes con él, no?

—Sí.

—A huevo, te apendejas cuando lo miras.

Decidí no tomarlo como un insulto, porque ya de por sí era muy incómoda la situación como para añadirle más molestias. Sonreí.

—Soy Mónica.

—Fernanda.

—¿Fumas?

—Mmm, no, tabaco no. Me da miedo por el cáncer y esas cosas. Ya ves que el tabaco produce veintitantos tipos de cáncer… —sentí que hablaba de más para llenar huecos insalvables.

Mónica, sin mirar a ningún lado, levantó la mano y agitó dos dedos. De inmediato un negro obeso y trajeado se acercó con un porro en una mano y en la otra un encendedor.

—A la señorita —indicó Mónica.

Él, por demás servil, se inclinó hasta mi rostro para encenderme el churrito de mota.

Su cara gigantesca, tratando de ser amistosa, me dio escalofrío. Tan sólo de recordarlo me queda claro que si me lo encontrara cualquier noche, sola, me cagaría de miedo.

—¿Y tú con cuál vienes? —le pregunté a Mónica.

Ella entrecerró los ojos como para enfocar en medio del humo a cada uno de los hombres de la fiesta. Los estuvo observando, sin prisas. Hasta llegué a pensar que se había olvidado de mi pregunta.

—Con todos. Todos me gustan.

Julio se dio cuenta de que lo mirábamos. Me alegré de verlo salir de su grupo y acercarse. Pensé que la noche no se había perdido. Dos pasos antes de que llegara a la mesa, mi acompañante se paró para encontrarlo. Por sus gestos, entendí que Julio la estaba invitando a la mesa con los demás hombres, pero Mónica se negaba. Siguieron hablando, serios, Julio ponía atención a cada una de las palabras de Mónica. Ella no parecía amistosa, como conmigo. Supuse que hablaban de negocios y me despreocupé.

10

Ambicioso y ajeno. Bello. Fuma con la conciencia de existir solamente él en el mundo. Fuma para verterse hacia dentro y estar solamente con él. Sentirse. Pensar en sí. Mirarse. Fuma. En su mente no hay otra cosa más que él. Soberbio. Hermoso. Camisa negra abierta. Camiseta blanca.

Voltea y se inclina a dejar una colilla de cigarro en un cenicero que está en mi mesa. Ni siquiera voltea a ver mis muslos mostrados con descaro.

Ojos grises: quiéreme.

De qué sirvió el vestido, los zapatos altos, el maquillaje, el pelo planchado. Tanto esfuerzo tirado por el caño. No volteas, no te interesa nada que esté afuera de ti.

11

—Ya se le olvidó que viene conmigo —dije como si no me importara, porque me sentí con la confianza de ponerme sincera.

—Así son estas fiestas, baby, a lo último que uno viene es a divertirse.

En ese momento no tenía idea de qué papel jugaba Mónica en ese mundo que, creía yo, sólo pertenecía a los hombres. Tampoco sabía que esas cosas debían importarme. Sólo charlaba con ella porque me resultaba agradable y porque era la única que me ponía atención.

Comenzamos a platicar acerca de que no nos gustaban esas fiestas, que para qué tanto maquillaje y tanto escote, si terminábamos como en la primaria: las mujeres de un lado y los hombres del otro. Me sentí a gusto a su lado, pero eso seguía sin ser una fiesta, y Julio continuaba ignorándome.

—¿Qué pedo esa música?

—Ya sé. Ya me hartó.

—Igual. Y nadie baila.

Los hombres, aparte, sí disfrutaban su fiesta, reían, alardeaban. Eran los protagonistas y nosotras formábamos parte de la decoración.

—Me está dando mucho sueño.

—¿Tan pronto te pegó?

—Más o menos. Pedimos unos vodkitas, ¿no?

Mónica sacó un cigarro, y de inmediato varias manos femeninas le ofrecieron fuego. Ella no dio las gracias ni volteó a ver a ninguna. Siguió conversando solamente conmigo.

—¿Qué pedo con la pelirroja?

—Ya sé, parece que trae peluca.

—Se le notan todas las raíces. Súper mal.

Me agradaba esta mujer: me daba yesca y le gustaba criticar tanto como a mí.

—¿Y esa vieja qué?

—¿Cuál?

—La que se le está embarrando a Julio.

—Esa vieja no es nadie, wey. Este lugar está lleno de putas, tú no te puedes estar preocupando por eso.

—Pero es que me caga que le bailen así.

—No pasa nada, baby, tú eres la chingona, ¿no? Tú eres la que se lleva la joda diaria de vivir con él.

No me agradó su comentario, pero seguí en mood llevarlafiestaenpaz.

—Tú no sabes, wey, pero todo mundo te respeta. Igual y todavía no tienes bien claro con quién estás, pero mientras, créeme: eres la mujer más respetada en esta sala, y no pienses que tener el respeto de esta bola de jodidos es fácil.

Siguió fumando y yo sin saber qué decir.

—La más respetada después de mí, claro —agregó, sonriente, pronunciando cada palabra con soberbia y un total convencimiento de estar diciendo la verdad.

12

Que apagaran ese puto reguetón fue lo último que había oído.

¿En eso se había convertido mi noche?

Recuerdo, aún con claridad, los ojos de mi noche y su brazo invitándome a bailar, el movimiento de sus hombros, su aroma en el cuello: Chanel.

Recuerdo su blusa escotada y haberme frotado contra sus senos. Eso era mi noche, no la noche que yo había estado esperando, con mi hombre: la manifestación de su deseo, mi vestido nuevo reservado para un gran momento, los ojos grises de mi hombre y sus labios toscos en mi nuca.

Mi noche había comenzado con gestos amistosos, luego con un coqueteo inocente casi casi imperceptible. Después vino ese latigazo a mi nariz que no podía rehusar porque ya de por sí había batallado para integrarme al grupo de mujeres-adorno (los zapatos de mi noche eran Ferragamo).

Mónica era mi noche.

Celebramos la transición del hip hop al reguetón bailando más cerca.

—¿Te gusta Daddy Yankee? —me preguntó al oído.

—Sí —mentí—, ¿y a ti?

No me contestó, me dio la espalda para perrear voluptuosamente, repegándome el trasero. Me sentí apenada por no ser buena reguetonera, pero me divertí imitando sus pasos.

—No pares, no, no pares, no, no —cantábamos mi noche y yo…

Cuando volteó le dije:

—O sea que sí te gusta Daddy Yankee.

—O sea que me gustas tú.

También recuerdo que mi noche sí tenía interés en besarme, y que yo me sentía tan ignorada que quise esconderme en su boca.

Después el grito de Julio de que apagaran el puto reguetón.

13

¿En qué se convirtió la noche? ¿Las luces y la música, los besos? ¿En qué se convirtió mi noche? En los despojos de mi cara: no me asomaré a ningún espejo. La noche me entró por la nariz, se me clavó como una aguja, la aguja me latigueó por dentro y entonces Julio, que nunca me había pegado en público, llegó y me dio con el puño cerrado en la cara. Ella ya no era mi noche. Mi noche siempre sería mi hombre y su mano latiéndome en la mejilla. El golpe me dejó tirada en el piso, entonces Julio dijo:

—A mi vieja no la tocas, pendejo.

—Nada más voy a ayudarla a que se levante —oí una voz masculina desconocida.

Julio no agregó nada, pero hasta con los ojos cerrados pude mirar su gesto desafiante, impidiendo que alguien se me acercara. Entonces tosí y sentí el sabor de mi propia sangre, ahogándome, y comencé a vomitar.

14

La cabeza me pesaba. Me despertó el sol, serían las nueve o diez de la mañana. Quería vomitar y al mismo tiempo moría de sed. La cabeza iba a reventarme. Tenía puesto mi vestido plateado, sentía que se me enterraba en la piel, que me quemaba. Estaba ardiendo y supuse que tenía temperatura. Tal vez sólo sería la cruda y que no estaba prendido el aire acondicionado. Me desesperé, el vestido sucio me resultó insoportable.

—¡San Juana! —empecé a gritar, sabiendo que a la señora del aseo no le tocaba ir ese día, pero por si Julio se apiadaba de mí y mandaba a alguien. Se oía la televisión encendida, aunque eso no era garantía de que hubiera más gente en la casa.

—¡San Juana!

No tenía caso seguir gritando. Decidí pararme y buscar unas tijeras, cuando tocaron la puerta de mi cuarto.

—No hay nadie, oiga.

Genial, de todos los putos weyes que podía haber en mi casa, me tenía que tocar el más pendejo.

—¡Yeyo, ven!

Abrí la puerta porque él nunca se iba a atrever a pasar.

—Se le hinchó el cachete, oiga, póngase hielo.

—Primero ayúdame a quitarme el vestido.

—No, oiga, no, cómo cree —dijo Yeyo todo chiveado.

—Y tráeme agua.

Yeyo salió corriendo por el agua, yo misma busqué las tijeras porque ese hombre no se atrevería a tocarme el cabello siquiera. Si Julio podía poner su vida en la mano de alguno de sus Cabrones, ése sería el Yeyo, el más wey, el que hasta la cara tenía de pendejo, el que no gastaba el dinero en putas porque todo se lo mandaba a su familia en Michoacán.

—¡Y consígueme unas Naproxen y tráeme unas papas del Carl's Jr.!

El único que dejaba que yo le gritara.

—¡Que sean en tira porque las otras no me gustan!

Yeyo ya lo sabía, no era la primera vez que lo agarraba de mandadero.

15

—Mañana tampoco vas a la escuela, supongo.

—Tengo hambre y me duele mucho la cabeza.

—Pinche sorda, Fernanda… —Dante quería empezar a sermonearme por teléfono.

—Se llevaron mi Atos estos ojetes, no hay nada en el refri, no hay nadie, nada más me trajeron unas putas papas en la mañana y es todo lo que he comido. Y me siento como rara, Dantina, no sé qué voy a hacer. No está Julio.

—¿El Atos? ¿Y como para qué se llevaron el Atos?

—Pues por ojetes, wey.

Cuando empecé a andar con Julio me regaló un Jeep. Parecía sacado de "Enchúlame la máquina" porque los Cabrones le habían metido no sé cuánta lana y cuántas extravagancias. Yo lo odiaba por ostentoso y naco. Pinche carro, todo mundo volteaba a verme y a mí se me caía la cara de vergüenza de que la gente fuera a pensar que yo era una naca reguetoneraenseñaombligo. Pero eso no era lo peor: me causaba náuseas porque siempre apestaba a mota y de repente le aparecían condones usados en los asientos, jeringas, guantes de látex embarrados de no quiero pensar ni qué. La basura más asquerosa del mundo aparecía en mi Jeep. Por eso cuando a Julio le pasaron un Atos celeste que todavía olía a nuevo, se lo pedí y fui de lo más feliz; obviamente los Cabrones no iban a querer agarrarlo ni de chiste.

—Tu carrito que te salió en los chicles —se burlaba Julio de mí.

Ahora no estaba Julio, ni Jeep, ni Atos, ni dinero, ni nada. Tanta era su rabia que me habían quitado hasta mi carrito azul celeste que Julio me había regalado porque no era carro de hombre, y porque decía que él no iba a andar manejando esas joterías.

—Pide una pizza, te la llevan en veinte minutos —me devolvió Dante al presente.

—Ay, Dantín, qué inútil eres. Si me gasté todo el dinero en un pinche facial.

—¿Y Sofía? ¿No te ha mandado la comida?

Le inventé a Dante que Sofía estaba trabajando horas extras y que no podía cocinar. A Sofía, para que no me viera la mejilla morada, le dije que iba a estar quedándome con Dante y que ni fuera a pasar por aquí Cinthia porque iba a haber puros weyes.

—Ya no viene ni la señora, la casa está toda puerca.

—Pues mueve el trasero, reina, barrer y trapear no le hace daño a nadie, hasta te sirve de ejercicio.

Pero todo eso equis, lo que más me preocupaba era Julio. No podría hablar de Julio con Dante porque no entendería. Con Sofía tampoco. El día más esperado por ella era aquel en el que Julio apareciera con los sesos regados sobre el pavimento. Jamás me lo había dicho pero, ¿cómo no iba a conocer a mi propia hermana?

16

El lunes me levanté temprano, más por ver si Julio había vuelto que por la preocupación de ir a clases. Por la casa parecía que hubiera pasado un huracán. Como lo inflamado ya se me estaba bajando, me duché, me híper maquillé, desayuné un par de Naproxen, me vestí y busqué monedas entre los cojines del sofá para completar lo del camión.

—¿Y ese milagro? Va a llover.

Dante me pagó la comida y me prestó dinero para el camión de ese día y del siguiente, por si Julio no regresaba. Y así sucedió: Julio no volvió, ni ese día, ni el otro, y yo tuve que pedirle disculpas a mi hermana por no llevar a Cinthia a ningún lado porque no tenía carro.

—Siento que ahora sí no vuelve, wey —hablaba conmigo misma.

Ya no sentía el paso de los días, sino de las horas. Cada una más pesada que la anterior. Iba a la escuela para nada, no entregaba tareas, no leía, no avanzaba con mis proyectos, pero seguía yendo porque si me quedaba en la casa las horas iban a ser más largas.

—Tía, no es posible —me regañaba Cinthia las tardes que me iba a su casa—, tú dijiste que después de las diez de la mañana no se deben usar pants si no estás haciendo ejercicio. Y ésos los traes desde hace días.

—Ya, déjame.

Tenía una tristeza física y no me daban ganas de comer, ni de poner atención en clases, ni de bañarme o hacer el mínimo esfuerzo por mí.

—Ahora sí se fue —me repetía yo sola, porque ni a Dante ni a mi hermana les parecía una mala noticia.

Llegaba a la casa a oler su ropa, buscando por todos los rincones, como si alguna respuesta estuviera escondida en algún lugar. Las noches eran lo peor: nunca sabía si llegaría la mañana.

17

Hacía tanto que no tocaba el infinito, que es como si por primera vez tuviera noción de que existe. El infinito no es único: hay uno dentro de mí y otro afuera, por donde voy resbalando. Es un hoyo negro aterrador, adentro y afuera. Yo voy cayendo y abajo no estarán tus brazos. Tus brazos ya no existen, y yo necesito que sea tu fuerza la que me esté empujando hacia afuera y la misma que me esté atrayendo a ti. Esa fuerza es la que me mantiene de pie, como si fuera una fuerza centrífuga y una centrípeta: tú eres mi equilibrio. Floto. Yo debo girar alrededor de ti porque si no, me arrastra el vacío.

Pero no estás y vuelven a tomar energía las fuerzas que me habitan: este hoyo negro que llevo en el alma desde que soy niña, el viento helado que me abraza y ronda sobre mi cabeza. Adentro y afuera: corazón y piel. Estas sombras que sólo tú podías ahuyentar vuelven: el infinito que voy cargando dentro y el infinito que me arranca los pies del piso firme.

Estoy en un hoyo negro, y otro me está naciendo por dentro. Me comprime y me estira.

He caído de tu cielo y no he chocado con el suelo.

18

Una mañana, después de dos semanas de esperarlo, pensé en salir a correr para distraerme pero no me sentí con la energía suficiente y opté por caminar. Había malbaratado unos cds en trescientos pesos y con eso había estado pagando el camión para ir a la escuela. A veces iba a comer con Sofía, pero no a diario porque no soportaba el humor inmejorable de mi hermana: su alegría estaba directamente relacionada con la desaparición de Julio.

—Ahora sí no vuelve —me decía frente al espejo.

Esa mañana supe que no podía quedarme en la casa o iba a terminar colgándome del techo; por eso me salí, pero sólo llegué a un parque que está a tres cuadras de la casa y me tuve que sentar. Ahí pasé varias horas, inmóvil, sin querer volver porque me tenía miedo a mí misma.

Desde el parque no se veía mi casa abandonada. Estuve toda la mañana repasando un montón de hechos a los que muchas veces antes había tratado de encontrar una lógica:

- Si Julio estaba conmigo, era seguramente porque me quería.
- Si Julio me quisiera no tendría por qué irse.
- Julio siempre volvía.
- Julio había sido como una neblina, desde el momento en que llegó hasta ese momento en que ya no estaba y no podría yo asegurar que había estado no podría asegurar nada de lo que tuviera que ver con él había sido un sueño había sido nada había sido agua y si yo y si él y ahora este hueco pero Julio no había sido era sólo un sueño y esto no era la tristeza ni el fin del mundo era sólo despertar volver a la vida real volver a clases a rutinarios caminos y todo eso de haber soñado que la vida podía ser distinta que en la vida se podía amar era ese sueño que tienen los niños porque yo no había sido niña a los seis años desperté y ya era grande y sabía del infierno y de la sangre y cuando abrí los ojos estaba Julio y sus ganas de matar nunca me intimidaron porque yo siempre quise morirme por eso había acomodado mi cuello entre sus dientes.

19

Esa mañana se me convirtió en tarde. Quizá pasaría mi sobrina, me encontraría con la resolana encima y la boca seca y me llevaría de la mano a comer a su casa. Quizá pasaría mi hermana, se alegraría de verme aún sola, me llevaría a mi casa y me prepararía la tina para bañarme. O tal vez pasaría Mara, quien también vivía por el rumbo, y con un morbo insano se acercaría a preguntarme el por qué de mi actitud dramática. Yo hasta la dejaría regodearse en mi desgracia con tal de que alguien me oyera.

Pero nadie pasó a ofrecerme su lástima, lo cual me hizo sentir todavía peor, por eso me regresé a la casa, y porque me moría de sed. No sabía muy bien qué hacer. Quería hablar con alguien que sí tuviera interés en escucharme y entenderme. Recordé a Mónica. Debía tener su tarjeta aún en mi bolsa. Dudé.

—Ella no es tu amiga —me había dicho Julio al oído, jalándome del brazo en algún momento de la fiesta en el que al atravesar la pista de baile había pasado junto a mí.

Si repasaba bien todos los sucesos que recordaba de esa noche, ésas habían sido las últimas palabras que me había dirigido Julio.

Después fue lo del golpe, lo oí gritarle a un tipo, desperté aventada en mi cama con el vestido plateado encajándoseme debajo de las axilas. Más tarde el Yeyo me compró unas papas y luego se fue. A partir de ahí me había quedado absolutamente sola, y ya habían pasado dos semanas con sus trescientas treinta y seis horas de las cuales ni una sola había dejado de pensar en Julio. Sí, había veces que se iba más días, pero el hecho de que se hubiera ido estando enojado conmigo me impedía tener fe en su regreso.

20

—¿Dante?

—Bueno.

—Soñé a mi papá, wey, bien cabrón.

Por la noche había tardado en quedarme dormida, atenta al ruido de cada carro que pasaba, siempre con la esperanza de que al menos uno se quedara y oyera que se azotaban las puertas y escuchara mi propio corazón acelerado, sabiendo que Julio estaba de vuelta. Desde la cama ponía atención al ruido de cada vehículo, pero ninguno se estacionaba, y al fin el cansancio me venció.

Quizá dormí un par de minutos, suficientes para tener una pesadilla. Desperté gritando, sintiendo que no podía respirar, que una nube negra se había colado al cuarto y desde ahí, unos ojos me miraban. Por eso bajé corriendo, tropezándome, a buscar la única voz que me respondería a esas horas.

—No molestes, Fer, son las cuatro de la mañana, no es hora de estarle hablando a la gente.

—Dantito, es que estuvo bien feo.

—No gimotees, Fernanda, eres so pathetic, niña.

—Pues es que, soñé que, haz de cuenta que teníamos que llevar a Cinthia a la escuela, porque Sofía no la podía llevar porque estaba cosiendo un vestido de quince años y tenía que entregarlo.

—Tu hermana no cose.

—No, pero mi mamá sí cosía, igual y me acordé de eso.

—Mugre Fernanda, te pierdes. Te marco y marco al celular, a tu casa, y nada. Hasta te hablo a casa de Sofía, y nada.

—Bueno, y entonces…

—Nada de entonces, dime por qué no contestas el teléfono.

—Espérate, porque si no, se me olvida. Pues entonces, en mi sueño, tú y yo le decíamos a Sofía que íbamos a dejar a Cinthia a la escuela y nos subíamos al Ferrari de Julio.

—Claro que nunca nos lo va a prestar.

—Ya sé. Entonces íbamos bien felices los tres en el carro, y pasábamos por la Purísima, o sea por aquí enfrente, y Cinthia decía que se le había olvidado la mochila y se bajaba corriendo, y yo corría detrás de ella para decirle que no, que yo iba, pero no veía nada; Dante, fue bien horrible. O sea, estaba a dos cuadras de la casa pero no sabía para dónde correr, me perdía súper mal, y yo sabía que a Cinthia le iba a pasar algo malo si entraba sola a la casa. Y yo te gritaba así toda histérica: ¡Dante! ¡Dante! Y llegabas y te decía que teníamos que buscar a Cinthia, y estaba todo oscuro.

Entonces me agarrabas de la mano y me jalabas y me llevabas corriendo, y llegábamos a la casa y estaba mi papá en la puerta, bien feo, Dante, horrible. Se estaba riendo. Yo quería entrar y me daba miedo pero tenía que aguantarme, y le gritaba que dónde estaba Cinthia, y me decía que pasara a buscarla. Entonces nos metíamos tú y yo. Y seguía mi papá en la puerta, riéndose, todo sucio, sin camisa. Bien feo, Dante.

—¿Y luego?

—No, pues en eso me levanté, llore y llore y me bajé corriendo a marcarte.

—Tienes línea arriba, sonsa.

—Ya sé, pero me dio miedo quedarme en el cuarto. Y me sentí como bien impotente porque cuando tengo pesadillas Julio manda a algún wey a que vaya a rondar a la casa y ver que todo está bien. Y ya, no pasa nada, pero no está Julio y no sé qué voy a hacer... ¿ya te dormiste?

—Está toda freak la historia de tu familia. Me da como escalofríos.

—Ya sé.

Nos quedamos un rato en silencio. Yo ya estaba tranquila sabiendo que del otro lado de la línea había alguien preocupado por mí.

—Dantina, ven.

—Estás pero si bien pendeja. Déjame dormir.

—Ándale.

—Oye, ¿y no sabes nada de tu papá?

—Sí, bueno, casi no.

Dante no agregó nada.

—¿Dantesa?

Lo oí respirar tranquilo. De su cama colgaría un pie y juguetonamente una pantufla rosa. El suyo era el cuarto más feo de la casa: tenía los ladrillos pelones y un hueco con una lona clavada simulando ser una ventana. De todas formas quise estar ahí, en esa cama siempre llena de cojines y sábanas limpias. Me acordé de cuando, después de una fiesta, cinco borrachos nos fuimos a quedar a su casa. Dante y yo nos quedamos en la cama y tres weyes en el piso. Uno de esos tipos me encantaba, era el novio de una de mis mejores amigas. Entonces bajé la cabeza al piso y, entre ronquidos de borrachos, lo besé, volví a acostarme y me dormí abrazada de Dante.

Ahora, en una casa gigantesca, yo estaba sola.

—¿Dante, te acuerdas de cuando...?

—¿Y qué dijo tu papá? —preguntó Dante torpemente para volver a quedarse dormido.

No quise llenar su sueño con mi historia de terror: de papá yo no sabía nada, ni si se había ido al gabacho, si estaba en la cárcel o si había muerto. A pesar del miedo, no había manera de que yo lo odiara. Y eso que el miedo era tan grande, que a partir de los dieciséis no hubo una semana de mi vida que yo no tuviera un hombre, o varios, hasta que conocí a Julio y dejé de andar con muchos porque con él bastaba para cuidarnos.

Excepto estos últimos catorce días. No me había dado cuenta. Hacía casi ocho años que yo no había estado sin un hombre, hasta ese momento. Sin Julio volvían con más frecuencia las pesadillas y es que, antes de él, cada noche soñaba yo a mi hermana destazada en una tina, flotando en litros de sangre.

—Hay muchas cosas que te voy a contar luego, Dante, no ahorita que estás dormido.

No era el momento de contarle que papá me utilizaba, después de cada pleito, para volver a ganarse a mi madre. Llegaba con el pretexto de "ver a la niña" y me llenaba de dulces y ropa nueva. Yo lo adoraba, hasta esperaba que volvieran a pelearse porque, aunque dejábamos la casa bonita de la Purísima y corríamos al jacal de la Moderna, después del pleito él me buscaría, me regalaría tantas cosas, me diría "princesa", y es que cada vez que me decía que yo era lo que más amaba en el mundo, le creía porque a esa edad aún no sabía que se podía mentir con las cosas importantes. Incluso era tan chiquita y tan tonta, que estaba convencida de que mi padre era un hombre de dinero y que un día todos íbamos a vivir como una familia normal, sin pleitos, sin gritos y con fiestas de cumpleaños donde hubiera pastel y piñata. Yo creía que nada más los niños ricos tenían fiestas de cumpleaños porque nosotras nunca habíamos tenido una.

Dante suspiró, como si soñara con dulces, tules, ropa nueva, lentes Dolce & Gabbana, viajes alrededor del mundo, y esa vida a la que sólo se puede acceder teniendo al lado a alguien con la lana y los huevos suficientes para llamarla a una "princesa".

No le contaría que en una de sus borracheras papá mató a mi madre, y que no sólo lloré por ella. Lloré, y lloré mucho por él, porque siempre lo imaginaba huyendo de la policía, con frío, con hambre, solo; porque se agravó nuestra vida de estrechez e incluso comprar una puta Coca-Cola era un lujo que casi nunca podíamos darnos. Hasta que empecé a soñar a mi hermana ahogada en sangre, y entonces apareció el miedo a que él volviera. Y comencé a necesitar a un hombre, a muchos hombres, hasta encontrar el que fuera capaz de, por sí solo, cuidar a mi hermana y tratarme a mí como su princesa.

Dante seguía durmiendo. Quise llenar sus sueños de imágenes celestes y rosas.

—Ah. Dantina. Yo te quiero. Deberías ser mi hermana y venirte a vivir conmigo. ¿Qué te cuento, Dantina, naricita operada, pestañas larguísimas? Yo te quiero, wey.

Dante volvió a suspirar. Sabrá Dios qué soñaría.

—Yo te quiero.

Le decía la verdad, yo no iba a estar jugando con esas cosas. A Julio también le había dicho que lo quería, pero sólo una vez, porque a él no le gustaba que uno anduviera hablando de más.

—A mí esas cosas me las dices con hechos, cabrona. Las palabras se las lleva el viento. No me digas nada y quédate conmigo nomás mientras sientas algo. Cuando ya te hartes, agarras tus cosas y te largas. Sin lagrimitas y sin pedos.

Yo había obedecido sus reglas pero él como quiera se había ido. Sin Julio, no tenía quién nos cuidara de papá en caso de que volviera.

21

En cuanto colgué, me levanté a revisar que todas las puertas y ventanas de abajo estuvieran cerradas. Regresé a mi cama.

Apenas me estaba quedando dormida cuando me sobresaltó un rechinido de llantas. Oí que abrían la puerta de la casa apresuradamente, pasos corriendo que llegaban a la puerta de mi habitación:

—¡Señorita Fernanda!

No era Julio.

—¡Señorita Fernanda, soy Yeyo, es muy urgente!

Me levanté corriendo a abrir. Yeyo, orgulloso, tenía un rollito de billetes de mil que me ofrecía:

—Ya le pagué la tarjeta y le traje esto porque pensé que lo iba a necesitar.

Cuando yo era niña tenía una gata. Una vez que me enfermé, la gata subió un hueso de pollo a mi cama, maullando insistentemente para que yo recibiera su ofrenda. Ésa era la misma actitud del Yeyo.

—¿Y Julio?

—No le vaya a decir que vine, le voy a estar poniendo dinero en las tarjetas para no tener que venir, pero si lo vuelve a ver, nomás por favor no vaya a decirle que vine.

—No te apures, Yeyo, no le voy a decir nada. Muchas gracias.

Y bajó corriendo las escaleras, azotó la puerta de la casa, derrapó las llantas y se fue. Yo corrí a la ventana para ver con quién más venía pero no vi a nadie. Seguramente Julio les había dado órdenes de que ya no anduvieran por aquí. Chingada madre. Entonces ya era oficial que todo se había ido a la jodida.

Me quedé ahí, patéticamente llorando junto a la ventana. Pronto amanecería y yo seguiría llorando esa ola estruendosa que había ido reprimiendo durante los dos años con Julio. Era como si se hubiera roto un dique, y me estremecía toda sacando el llanto que había acumulado para que Julio no me viera llorar nunca y no me dejara. "Muñequita miona", diría Julio si me hubiera visto en ese momento, y hubiera vuelto a irse para siempre.

De nada había servido.

Me dolió la cabeza de tanto llorar. Inmóvil, seguía observando tras las cortinas.

Pronto amanecería y la ciudad comenzaría a llenarse de vida. Yo no sabría si integrarme a ella. Volver a clases, buscar un trabajo, ¿qué hacer? Era tan ridículo: sin Julio no tenía planes para mi vida.

Y en eso, vi llegar callado, con las luces apagadas, casi casi tratando de pasar desapercibido, a mi Atos.

El Atos llegó lentamente, se estacionó frente a mi casa, y de él salió la Coyota. Bajó, cerró la puerta despacito y se fue caminando, sin voltear siquiera a la ventana. Me di cuenta de que no había puesto la alarma y supuse que había dejado las llaves adentro.

Me enjareté un short y, de entre la maraña de cosas regadas en el piso, tomé un par de sandalias altas, plateadas, las que había usado la última vez que había visto a Julio, las primeras que encontré en ese momento. Bajé corriendo las escaleras: si podía alcanzar a la Coyota, él me conduciría hasta mi hombre. Tal como lo había pensado, la puerta del auto no tenía seguro, ni siquiera estaba cerrada y las llaves estaban puestas. Encendí inmediatamente y metí reversa, primera, segunda, tercera, di dos vueltas por la colonia buscando a la Coyota. Chingada madre, pinche fantasma, la Coyota era uno de esos weyes que no me gustaría tener en mi contra. Cuando nada más él se quedaba en la casa yo lo sentía vigilarme, lo sabía irritado por tener que cuidarme, percibía su apatía hacia mí y a la vez su misoginia. El asco era mutuo. Pero ni él ni ninguno de los Cabrones me haría nada malo, porque Julio estaba de mi lado. O eso era antes. Me entró la duda de si debía cambiar las chapas de las puertas, aunque, ¿qué pinche puerta podría detener a los Cabrones? Me tranquilicé pensando que, si hubieran querido hacerme daño, eso ya hubiera sucedido. Además, yo no tenía ni información ni manera alguna de resultar un peligro para ellos.

La Coyota había dejado un disco del Cártel de Santa en el estéreo de mi carro. Le subí al volumen para sentirme menos sola. No era posible que estos hombres oyeran otra cosa.

Especial dedicación a mi Santa Muerte, por protegerme
y proteger a toda mi gente.
Por ser justa entre las justas.
Por dejarme seguir vivo.
Por darme la fuerza para castigar al enemigo.
Por la bendición a mi fierro pulso certero.
Y por poner a mi lado a una jauría de fieles perros.

Esperaba que esta canción lenta me tranquilizara y me obligara a bajar la velocidad, pero sólo me estaba poniendo más nerviosa. Yo seguía acelerando, subiendo el volumen, oyendo que se acababa y volvía a comenzar la misma canción, tratando de poner en orden mis ideas, deseando con toda el alma que dentro de mí creciera el valor para tomar las riendas de mi propia vida, de encargarme de mi hermana y de mi sobrina.

Una Suburban empezó a echarme las altas y la Coyota seguía sin aparecer. La Suburban empezó a seguirme, siempre con las altas. Aceleré más y traté de dejarla, pero no podía perderla. Llegué a Constitución. Chingada madre, y yo sola. Entrando a Constitución pensé que igual y eran nervios, que era sólo casualidad que la Suburban fuera por mi mismo camino. Bajé la velocidad y la puta Suburban de vidrios polarizados se alineó conmigo, a mi misma velocidad. 60, 50, 45, 30, 20. Un wey por la ventana me sonreía.

—Puta madre —le subí al estéreo y aceleré.

No sé de dónde chingados salió una patrulla, y ni por eso se largaba la Suburban, igual y estaban de acuerdo. Yo iba en el carril de en medio: tenía la Suburban al lado izquierdo y la patrulla del lado derecho.

—A qué hora empiezan a tirotearse estos cabrones y yo en medio —quería pensar que el pedo era entre ellos, pero no, era conmigo. Aumentara o bajara la velocidad, seguían ahí. Éste es el gobierno del cambio: si antes los ricos tenían miedo a los secuestros, ahora lo tenemos todos; si antes la policía mordía a la luz del día, ahora mata, y no sólo la policía, también el ejército y hasta la Marina, aunque en Monterrey no haya mar. Si antes la lucha era contra los delincuentes, ahora los balazos van de la policía al ejército y viceversa. ¿De quién hay que cuidarse?, ¿para qué si no hay manera?

Alcancé a otra patrulla, y la primera, la que venía de acuerdo con la Suburban se desapareció. Le eché las altas a la segunda patrulla, jugándomela, sin saber si ésos también venían con los de la Suburban; me pararon en plena Constitución.

—A ver, señorita, manos sobre el tablero y no se baje. ¿Qué pasó? —me gritoneó un policía de lentes oscuros, aunque todavía era de noche.

—Me venía siguiendo la Suburban, oficial.

—¿Cuál Suburban?, ¿desde dónde?

—Desde la Purísima.

—Aquí se queda, búsqueme una identificación y no se vaya a bajar.

Oí que le decía a otro que se había quedado atrás de mi auto:

—Está bien, está paniqueada, pero está bien.

Se fue a la patrulla a hablar por radio, mientras su compañero se quedaba parado junto a la puerta de mi auto. No sabía si tenerle más miedo a los de la Suburban o a los policías.

Regresó el primer choto. Otra vez me preguntó el nombre y me pidió una identificación.

—No traigo nada, oficial, salí a la carrera de mi casa.

—Quédese así, llegue quien llegue no se salga del carro.

—Sí, oficial.

Le bajé al estéreo, pero seguía oyendo la misma canción: *Cuando usté me invite nos vamos por ahí.*

Habían llegado otras dos patrullas, acorralándome, como si la delincuente hubiera sido yo. Ya otros tres chotos se habían acercado a preguntarme qué había pasado. Yo había vuelto a decir cómo había estado todo, qué calles había usado, cómo era la Suburban.

Los de la Suburban seguramente eran un par de borrachos, no debía haber hecho tanto pancho. Ahora no sabía cómo quitarme a los policías de encima, ya me tenían ahí desde hacía media hora.

22

Iban llegando más y más patrullas. Regresó el oficial de los lentes oscuros y me preguntó:

—¿Cuánto ganas?

—¿Cómo? —había entendido bien pero no sabía cómo debía responder.

—Sí, que cuánto ganas.

Chingada madre, había comenzado a tutearme y a preguntarme cosas que ni al caso.

—No trabajo, oficial, soy estudiante.

—¿Tus papás son empresarios?

—No, oficial, ya fallecieron.

—Te pregunto porque ya agarraron a los putos de la Suburban: eran cinco y estaban todos armados. Iban a secuestrarte.

—¡Puta! —me agaché sobre el volante, no sabía qué hacer ni qué decir. Sentí que se me desvanecían los brazos y las piernas. Seguramente me habían asociado con Julio

y por eso me buscaban. Justo ahora que él me había dejado sola.

—¿Ya los habías visto antes?

—No, oficial, nunca —me reincorporé.

—¿Sabes por qué te estaban siguiendo?

—No, le digo que ni siquiera trabajo, mi hermana gana
el mínimo, no sé… no se me ocurre por qué me buscaban
a mí.

—Puedes levantar cargos, no por secuestro porque no te
hicieron nada, pero sí por acoso. Aquí es como tú quieras.

—No podemos entambar a estos weyes si la gente no
denuncia, y si no le tocó a usted, le va a tocar a la que sigue
—intervino otro policía que antes se había acercado a tomar mi nombre.

—Sí, oficial, sí voy a poner la denuncia, pero necesito
ir a la casa por mi hermana para que me acompañe —mentí, lo único que quería era largarme.

—Ahorita le hablamos.

—Es que no hay teléfono en la casa y no tiene ni celular —seguí mintiendo.

—Dónde vive, para mandar una patrulla por ella.

—No, no se preocupe, yo voy por ella, sola, porque pa-
dece del corazón y si ve patrullas se va a asustar.

—Bueno, si te sientes más tranquila. Ahorita mando un
vehículo civil que te escolte. Permíteme un momento.

Otra vez los uniformados me dejaron sola. Fingiendo
que me rascaba el cuello me desabroché una cadena de
oro que me había regalado Julio. Me cayó sobre el regazo

y la escondí debajo de una lata de cerveza que estaba en el portavasos. Lo mismo hice con los anillos. No encontré forma de quitarme los aretes sin que se notara. Todos regalos de Julio que me podían mandar a la verga en ese momento.

Llegaron más patrullas y no amanecía. En eso llegó una de esas camionetonas de la policía que por pura gringada decían a un lado SWAT. Brincaron cuatro policías con armas largas. Se veían mucho mejor entrenados que los primeros chotos. Policías de otra categoría. "A ver si éstos ya me sueltan", pensé. Se bajó otro oficial, con un perro que empezó a ladrar inmediatamente y, al final, un policía que no era ni el más alto ni el más mamado pero que por semiótica uno se daba cuenta de que era el jefe: lo iban escoltando y cuánto.

—Comandante Ramiro Silva —me extendió la mano a través de la ventana.

—Fernanda Salas, oficial. Mucho gusto.

—Ya me pusieron al tanto de su situación. Cuénteme cómo estuvo.

El perro me gruñía con furia, su ladrido era insistente y ronco, como un sonido roto. Ya no sabía si tenerle miedo a los chotos, a los de la Suburban, o al perro.

—Desde la Purísima una Suburban empezó a seguirme... —empecé otra vez.

—Abra la puerta de atrás —me interrumpió.

Estiré el brazo para quitar el seguro y un wey de los de arma larga abrió la puerta inmediatamente. El perro, de un brinco, se metió a la parte trasera del auto.

—¡Me va a morder! —grité histérica.

—¡Cállala! —ordenó el tal comandante.

Un tipo con un rifle me apuntó y me ordenó que me silenciara. El rifle me apuntaba en la frente pero todavía le temía más a las fauces del perro, sentía su tufo atrás de mí, a la altura de los riñones, imaginaba que en cualquier rato me arrancaba un trozo de espalda.

El policía sacó una bolsa negra, de esas de basura, y vio qué traía adentro.

Yo no tenía puta idea de lo que hubiera en el asiento de atrás, la única que solía dejar cosas atrás era Cinthia, que siempre olvidaba los patines o los zapatos donde se los quitara. De ahí en fuera quién sabe, no me iba a poner a revisar el Atos antes de ir tras la Coyota.

Como si fuera una película de horror, el oficial tomó el contenido de la bolsa y lo exhibió ante todos. De los cabellos, el policía sostenía una cabeza que aún tenía los ojos abiertos. De inmediato, todas las armas fueron apuntadas hacia mí.

—Afuera y manos arriba.

—¡El perro! —dije casi llorando porque el perro ya estaba afuera, asomando la cabeza por la ventanilla de mi carro, gruñéndome.

—¡Que te calles, con una chingada!

Salí temblando, y eso sólo porque un oficial alejó al dóberman para que yo pudiera bajarme.

—Date vuelta, manos arriba. ¿Este carro es tuyo?

—De mi esposo.

—Nombre.

—Fernanda Salas.

—De él, no te hagas pendeja.

—Julio Cortés.

El comandante se rio hasta que se le saltaron las lágrimas. Y cada risa suya, era para mí como un cubetazo de agua helada desde la frente hasta la punta de los pies.

—¿Y este muerto se lo cargamos a Cortés?

—Fui yo... —no pude decir más porque empecé a vomitar. Me esposaron y me metieron en una patrulla.

—Aviéntale la evidencia a la puta perra.

Sólo sentí la bolsa que me cayó en el regazo. Quise gritar, pero fue como en esas pesadillas en que uno siente que la abertura de la boca simplemente no existe.

23

La luz me golpeó de pronto, y no porque amaneciera sino porque fue como si mi cerebro se reconectara. Fui abriendo poco a poco los ojos. Antes de preocuparme por reconocer el lugar, busqué la bolsa negra y sentí un gran alivio al no verla por ningún lado.

Había mucho espacio, mucha luz. Era un lugar confortable. Definitivamente no estaba en los separos, ni en el ministerio público, ni en ninguna otra dependencia del gobierno; pero darme cuenta de eso no me causó ningún alivio. Supuse que estaba en la casa de alguno de los patrones y que alguien comenzaría a arrancarme los dedos, de uno a uno, para enviárselos a Julio. De eso al reclusorio, prefería mil veces el reclusorio. Y digo que lo prefería, porque al menos ahí mi sacrificio serviría para que Julio pudiera huir. Estando yo adentro, Julio se enteraría de alguna manera y valoraría mi esfuerzo, cuidaría a mi familia, buscaría quién me cuidara adentro del bote, pensaría en mí de vez en cuando y, si las cosas se pusieran muy rudas, podría buscar la manera de suicidarme. Decidido. Quería aferrarme a esa opción. Alegaría haber matado al tipo. No sabía quién era, no recordaba cómo lo había hecho, estaba drogada, así que no podría recordar nada. Pero yo había sido, no tenía duda. Prefería la cárcel a caer en manos de algún patrón que tuviera diferencias con Julio.

Pero ese lugar, definitivamente, no era una cárcel o un juzgado, ni nada relacionado con la ley. Había despertado en un sofá blanco de piel. Estaba acostada y traté de sentarme sin hacer el menor ruido. Era una habitación extraordinariamente amplia, el techo llegaba muy lejos de mi cabeza, estaba a unos seis metros, todos los muebles eran súper fashion. Había muchos tragaluces que bañaban de luz el cuarto y era precisamente tanta luz lo que me lastimaba la vista. Frente a mí había una plataforma blanca, muy amplia y bajita. Hacia esta plataforma daban algunos reflectores.

—Chingada madre, ¿qué es esto?

Había un olor nauseabundo. Comencé a ver mi ropa: había vomitado sobre mi playera, sobre mi short; tenía las piernas llenas de algo como un atole verde: mi propio vómito.

Volteé a todos lados buscando una caja de kleenex. No me atreví a pararme de mi asiento. En eso estaba cuando tocaron la puerta y me sobresalté. Oí pasos a mis espaldas y me quedé tiesa, completamente inmóvil, aterrada.

—Señorita —oí una voz de mujer—, ¿está bien?

Los pasos se habían detenido.

Batallé al principio para que me saliera la voz.

—Sí.

—¿No necesita nada? —era como la voz de una anciana.

—¿Dónde estoy?

—Ahorita van a venir por usted, no se apure.

Un escalofrío me recorrió de la cintura a la nuca.

—¿No necesita nada? Cualquier cosa, comida, agua, café, lo que necesite —la voz sonaba un tanto servil.

Quise pedir ropa limpia, pero me aterró la idea de desnudarme en ese lugar desconocido.

—No, muchas gracias, estoy bien.

—Aquí está el baño en esta puerta —seguramente señalaba algo, pero tuve miedo de voltear—. Al cabo aquí nadie entra, estese tranquila. Voy a traerle ropa por si quiere bañarse.

Oí los pasos alejarse y quise suplicarle que no se fuera.

Seguí tratando de ver algo más: había cajas, baúles, las paredes estaban recubiertas de fotos de gran formato, todas con niños desnudos con alas de ángeles, flashes, tripiés. Se trataba de un estudio fotográfico y los querubines de angelicales sólo tenían las alas; unos en la cara tenían el miedo, otros el reflejo de una lujuria ajena: la del fotógrafo. Niños con cortes de pelo barato (o con los tijeretazos apresurados de alguna madre que no quería lidiar con piojos). Seguramente les habían dado veinte o treinta pesos por dejarse desnudar. Fotografías que pretendían ser arte o cursilería pero no podían ocultar su calidad de obscena. Genitales pequeños.

Ojos y alas borrosas para enfocar un pene flácido. Ángeles horrorizados y a la vez tenebrosos. Había decidido inmolar mi vida por Julio, Sofía, Cinthia. Aceptar cualquier cosa antes de inmiscuirlos en este embrollo. Pero a la vez, tenía un puto miedo que me estaba desgarrando las entrañas. Me sentí mojada y me di cuenta de que me estaba orinando.

Ángel de la guarda, tú que sí eres de a de veras, no me desampares ni de noche ni de día.

Como si no pudiera ser peor, descubrí una mancha roja entre mis piernas. Hacía mucho que no veía mi sangre. Entrenada por mi propio asco, siempre me adelantaba un día a mi ciclo menstrual: me ponía guantes de látex, apretaba los ojos y me cambiaba el tampón cada cuatro horas hasta que, según mis cálculos, terminara mi ciclo. Pero al parecer esta vez el ciclo me había tomado la delantera. Hacía años que rehuía a mirar cualquier sangre, sobre todo la mía. Y ahí estaba esa mancha, asquerosa, acusándome de ser sucia, estúpida, looser, mujer abandonada, mujer sola, inútil. Pendeja. Pendeja. Pendeja, no debiste parar a la patrulla. Si hubiera dependido de mi voluntad, en ese instante hubiera arrojado toda mi sangre, cada gota de mi sangre a través de la vagina. Hasta quedarme seca, muerta, estéril, vacía, sola. Al fin tiesa.

Es la sangre. Algunos dicen que es la vida. Quiero que mi muerte sea instantánea para no verla. Nunca verla. Saber que existe. Sentirla a veces que me estruja el corazón, pero ni verla ni olerla. Si la sangre es la vida como muchos dicen, ¿por qué huele a muerte? ¿Será que cuando alguien muere su vida sigue por ahí, esparcida, sobre mi piel, alrededor de mi boca, como cuando Julio…? Y una vida se me mete por los poros y quién sabe cuántos cadáveres andaré cargando.

Oí pasos que se acercaron y no podía dejar de temblar. Todos los ángeles, con sus ojos borrosos, miraban hacia la puerta. Simplemente apreté los ojos. De rezar no habría tiempo. Hoy que todo terminó lo sé: ojalá ésos hubieran sido los pasos de mi muerte.

24

—A ver, pendejos, ¿cuál es la chingada puerta?

Era Julio. Yo no dejaba de temblar.

Aunque la puerta se había quedado abierta, oí cómo la azotaron. El tiempo se hizo una burbuja espesa que me tragaba, ¿sería una burbuja de sangre? Todo se detuvo y yo me ahogaba. A mis espaldas había oído pasos de varias personas que, junto con el tiempo, se habían detenido. Yo no tenía el valor de voltear, prefería dejar el tiempo estático a darme cuenta de que alguna pistola me apuntaba a la cabeza.

—Apenas se iba a bañar la señorita, ya le traje todo —fue otra vez la voz de la anciana, que ya no sólo era servil sino acobardada.

—Es que no quisimos despertarla para que se bañara y apenas se acaba de despertar —se sumó a la conversación una voz que traté de reconocer. Había escuchado antes esa voz en las noticias o igual y estaba confundida.

—Así que éste es tu estudio, cabrón —se reanudaron los pasos—. Ta' chingonsísimo. Ya lo quisiera un fotógrafo de a de veras, alguien que no lo va a usar para puras pendejadas.

—Sí... ¿verdad? —la voz de las noticias temblorosa.

—Puras mamadas —se rio Julio—, puras joterías. Ya no seas mamón, pásale este estudio a alguien que sí sepa de fotografía. Quema eso, wey, consíguete unas viejas pa'que te hagas hombre.

La voz de Julio sonaba amistosa. Mi suerte estaba redimida. Los pasos más sonoros continuaron y al fin lo vi: macho, alardeador, insolente y con una mirada de complicidad hacia mí:

—¿Que te inculpaste, cabrona? —se rio, como si tuviera alegría por verme.

Sentí como si mi alma pudiera respirar de nuevo.

—No me mires —fue lo único que pude decirle. Estaba asquerosa, vomitada, oliendo a miados, con una asquerosa mancha entre las piernas.

Pero Julio no sólo me miraba, sino que se había puesto en cuclillas frente a mí y me abrazaba. Tomó mis mejillas entre sus manos y me acercó a su cara.

—Eres de ley, pinche Fernanda —me dijo en un susurro.

Yo no abrí la boca porque seguramente me apestaba.

Me cargó, y al voltear vi que sí había identificado bien al de la voz de las noticias: sí, era el de los eventos populistas, el que había utilizado su condición de inválido para inspirar lástima, ganar el mayor número de votos y convertirse en alcalde. El que se autoridiculizaba escurriendo baba por un supuesto problema facial, bailando en silla de ruedas rodeado de botargas en videos musicales de producción barata, pero que adentro de su casa, por obra y gracia divina, recuperaba la salud en todo su cuerpo y caminaba y hablaba de manera perfecta.

—Todo se trató de un mal entendido, es que no todos los oficiales conocen a tu señora, pero afortunadamente alguien la reconoció a tiempo y por eso la traje a mi casa. Como te había comentado, éste es un suceso aislado que no va a volver a pasar —la misma frase que el seudo cojo usaba en la nota matutina.

—Mira, chaparrito, te lo voy a decir nomás porque ustedes están muy pendejos y hay que explicarles despacio las cosas. Pero lo voy a decir una sola vez, y tú se lo vas a decir a toda la bola de lameculos que te rodean: a mi vieja —Julio hizo una pausa y el resto de la frase la dijo en slow motion, como si estuviera hablando con un retrasado mental— no la toca nadie. Nadie, chaparrito —le bajó al tono severo y continuó—, y si los demás no entienden yo voy a pensar que fuiste tú el que no les pasó bien el recado. No voy a andar averiguando quién fue ni por qué, yo voy a venir contigo porque el recado te lo estoy pasando a ti. ¿Sí me entendiste?

—Sí, Cortés, sí —tartamudeaba el enano cojo—. Si tu señora sabe que tiene todo mi respeto y mi admiración y que con todo respeto…

—¿Y qué va a pasar ahora? —lo interrumpió Julio.

—Obviamente ya se están tomando las medidas necesarias...

—A mí las medidas necesarias me valen verga. Me pagas lo que me debes y punto.

—Pero por supuesto, ¿cuándo te he quedado a deber algo, Cortés?, si tú sabes que soy hombre de palabra... —el enano sudaba a mares a pesar de que el clima estaba puesto en lo más frío.

25

Me dolía el bajo vientre, la cabeza; comenzaba a sentir la quijada y la boca dormidas. Ya no quería pensar. Sólo me abracé a él, más porque no me mirara que por sentirme protegida, y dejé que me llevara. Salimos a un estacionamiento gigantesco. Eso era Beverly Hills en Monterrey.

El alcalde caminaba detrás de Julio, entre servil y apenado, agachando la cara y los hombros como si quisiera que se lo tragara la tierra, no dejaba de disculparse. Parecía un perrillo salchicha regañado junto a Julio, lo quería adular, se quería hacer el gracioso, quería cerciorarse de que estaba perdonado. Julio se hartó, se paró en seco y le dijo:

—Yastás. Nos seguimos viendo, huevón.

—Señora, qué lamentable habernos conocido en estas circunstancias, pero sepa usted que para mí...

Ya no supimos qué más decía, Julio siguió caminando aprisa y lo dejó hablando solo.

Afuera estaban todos los cabrones con todas las trocas, nada más faltaba la Coyota.

—Que no me vean —le dije a Julio.

—Háganse a la chingada.

Se abrieron y pasamos en medio.

Me seguía molestando tanta luz. Cuando Julio se dio cuenta de que yo iba con los ojos cerrados, me apretó más fuerte contra él (y es que junto a él yo era tan pequeña).

Adentro de la camioneta, me hice bolita en mi asiento para que Julio no me mirara. Él también se veía apenado, hacía como que no me miraba, no sabía qué decir.

—Perdóname, princesa.

—No me digas "princesa".

26

Me estuve bañando hasta que no soporté el goteo de la regadera sobre la cabeza. Salí, me vestí con lo primero que encontré y traté de acostarme, pero antes de llegar a la cama ya estaba vomitando sobre la alfombra. Entró Julio y dijo que me iban a llevar al hospital.

—No estoy enferma, lo que pasa es que este cuarto huele a madres —dije, y exigí que me dejara en la habitación que yo había decorado para Cinthia, pero que ella nunca había usado porque Sofía y yo acordamos que con tanto wey entrando y saliendo nunca dejaríamos que la niña pasara la noche en mi casa.

Traté de dormir pero me empezó una migraña horrenda.

Seguí vomitando y Julio insistía en llevarme al hospital.

—Nada más déjame sola, hueles muy fuerte y me da la migraña.

Julio, confundido, mandó que todos los cabrones le

pararan a su desmadre y no hicieran ruido adentro de la casa. Hasta San Juana reapareció, pero le dijeron que no fuera a encender la aspiradora ni hiciera ruido porque me sentía muy mal.

A media tarde le grité al Yeyo para pedirle una hamburguesa del Carl's que ni alcancé a comerme porque me venció el cansancio y me quedé bien dormida. No sé si en la realidad o sólo en sueños, tenía temperatura y escalofríos. Soñaba que estaba en la cama de un hospital y tenía que escribir en la pared "nadie tiene a nadie" y una enfermera debía darme un puto aerosol para que yo pudiera rayar en la pared, pero no había un solo empleado en todo el hospital. Con frío, temblando y descalza, caminaba por los pasillos del hospital y el piso, de tan pegajoso, me daba un asco insoportable, pero me importaba más encontrar una enfermera que pudiera darme un aerosol para escribir "nadie tiene a nadie".

Cuando desperté, pensé que sólo me tendría a mí misma, que debía estudiar y rascarme con mis propias uñas. Muy apenas tuve ánimo de bañarme y vestirme. Me hice una cola de caballo y bajé a desayunar frente a la tele.

27

Que le habían sacado los ojos. La cabeza había sido desprendida del cuerpo y no de tajo, sino mostrando grandes signos de violencia. La piel de la cara mostraba señales de tortura. El cuero cabelludo había sido arrancado en algunas partes. Una cortada que iniciaba en la oreja y terminaba en la comisura de los labios rebanaba en dos su mejilla, como si le hubiera salido otra boca. La cabeza fue dejada como mensaje frente a la PFP, el cuerpo aún no se encontraba.

Fue reconocido por la dentadura: el comandante Ramiro Silva se había vuelto famoso de la noche a la mañana. Amanecía y la ciudad desayunaba teniendo enfrente huevos estrellados, salsa cátsup y unas cavidades vacías de ojos mirándola fijamente.

Julio se sentó conmigo en el sofá, sin decir nada. Yo, asqueada, había dejado a un lado mi tazón de cereal. Él se comía un mango, muy quitado de la pena.

—Qué, mami, si te da miedo pos cámbiale —quién sabe qué cara estaría haciendo yo para que me dijera eso.

—No, no me da. Es el choto que me subió a la patrulla.

—Ah, qué mi vieja tan inteligente —se rio Julio, se paró a buscar unos cigarros y yo seguí viendo la historia completa de cómo unos niños de la calle habían encontrado la bolsa. Un reportaje acerca de la intachable trayectoria del comandante, muerto en el cumplimiento del deber, close up a la esposa y los hijitos anegados en llanto, a su santa madre, una señora de edad que pedía justicia; luego una entrevista al alcalde, diciendo que se sospechaba del conocido enemigo público Javier Rodríguez, alias "la Coyota", y que a como diera lugar se daría con él y con los demás culpables, que era un honor haber tenido un elemento de la calidad y la talla de Ramiro Silva, y que esperaba que la población acudiera al homenaje que se daría en su honor. Remataba fingiendo que de la emoción se le quebraba la voz y pidiéndole a los periodistas que respetaran el dolor de la familia del finado.

—Hijo de puta —me sobresaltó la carcajada de Julio, quien seguía viendo la televisión a mis espaldas—, cómo se coge a la gente ese cabrón con sus dramas.

Hijo de puta, pensé, y quise voltear y verle las manos, revisarle los dedos, escarbarle en las uñas para encontrar respuestas, pero no me atreví. Él me sujetaba de los hombros, y mi reacción natural hubiera sido poner mi mejilla recostada en alguna de sus manos, pero en ese momento ni siquiera sabía si tenerle asco. Sus manos empezaron a acariciar mi cuello en un acto de cariño que me hizo temblar.

—¿Qué pasó, mami? —dijo acariciándome la nuca—, se te pone la piel chinita.

Así que eso era lo que había querido decir Julio: un rasguño mío valía la vida de cualquiera, por eso quería que le pagaran, porque yo era de su propiedad. Estaba en la cima del mundo, podría ser coronada reina de belleza, podría pedir la paz mundial; agradecerle a mi hermana que siempre había confiado en que llegaría lejos; a mi abuelo y a mi tía Marina; a Dante que, si no fuera joto, sería el amor de mi vida; y por supuesto, a Julio, que supo encontrar a la mujer más hermosa, sensual y brillante de este planeta, la más importante, la mejor de todas. Podría pedir, en una charola de plata, la cabeza de mi padre.

—Nada, me dio un escalofrío.

Mi vida, puta madre, literalmente estaba entre sus manos.

Pero qué más daba si mi vida era la más valiosa de la ciudad, del mundo entero.

—Pos cámbiale si ya no quieres ver eso. Al cabo ya entendiste, ¿no?

No le contesté, pero lo había entendido todo: nada malo me pasaría mientras yo estuviera con él, y todo lo malo me sucedería cuando lo dejara. Para prueba bastaban esos últimos días en que ni él ni ninguno de los Cabrones estuvo conmigo, y el primer pinche gato que me topé hizo conmigo lo que le dio la gana. Nada me pasaría mientras estuviera con Julio. Nunca. En esta pinche ciudad de mierda, donde hay muertos diario, donde los enfrentamientos entre militares y policías no respetan ni a las mujeres ni a los niños que vayan pasando, yo era la mujer más protegida. La más valiosa. La más cara. Julio me cuidaría como a su propiedad más importante, yo no tenía nada qué temer. Sobre mí estaba Julio, y sobre Julio no había ley.

—Julio —le dije antes de que se fuera—, no tengo carro para ir a clases.

—Ahí hay un Attitude, que te lo lleve el Yeyo a arreglar.

—No, Julio, un carro bien, no chingaderas.

—Tú quieres troca, ¿verdad, cabrona? Pos ahí'stá una Nitro nueva, que le tocaba al Flaquito, pero agárrala.

El Flaco dijo que sí, que no había pedo, me dio las llaves y me preguntó si ya había manejado troca antes, como preocupado de que le fuera a hacer algo a la Nitro negra hermosa casi recién salida de la agencia.

—Y dame dinero.

—¿Si vas a la escuela pa' qué chingados quieres dinero? —me contestó Julio ya con la mano en el bolsillo.

—Si llego en Nitro, ¿cómo chingados voy a llegar así? —remedé su acento.

Me dio efectivo y salí al spa, con el Yeyo y su Hummer detrás, escoltándome.

28

No fui a la Facultad hasta al día siguiente, eso sí, quemando llanta para que todos me vieran.

—Mande con Madonna, vienes como combinación de Madonna y signo de interrogación —me dijo Dante todo sonriente—. Casi me ahogo con las conchitas, tonta, no podía creer que fueras tú la que se bajaba de la camionetota esa.

Le sonreí, supuse que no me dejaría hablar en un rato.

—Déjame adivinar: volvió Julio. Te ves poca madre, mira el pelo, o sea que te hiciste todo. Genial. Genial. Me encanta. Y ya te pones zapatos, wey, I can't believe it. Casi creo que eres otra. A la noche nos vamos al Barrio y no me vayas a salir que no porque no le avisaste al macho ese. No, para llorar si haces eso. Te ves poca madre, tonta —me abrazó y me dio muchos besitos en la frente.

Yo también lo abracé.

—Vine a recuperar el semestre, me acueste con quien me acueste.

Dante se rio.

—Mensa, yo te amo por zorra.

Entramos y la clase ya había comenzado. Se hizo un silencio general, como si nadie creyera que yo fuera a volver y vieran un fantasma.

—Con permiso.

—Adelante —dijo el profesor y continuó explicando una cosa de Hamlet.

Cuando se terminó la clase, un ayudante del coordinador fue a avisar que el maestro de la siguiente hora se había reportado enfermo, así que Dante y yo decidimos irnos a San Agustín. Bajamos al estacionamiento y en eso vimos a Mara, nuestra compañera híper ñoña, haciendo una rabieta porque había dejado la camioneta obstruyendo la salida de su Chevy.

—¿Qué pasó, Mara? —Dante seudopreocupado.

—¿Saben de quién es esta camioneta?

—No te enojes, wey, ahorita la muevo —intervine.

—¿Es tuya? —Mara boquiabierta.

—Sí. Julio me tuvo que convencer de que volviéramos.

Muy serios, Dante y yo nos subimos a la Nitro. Metí reversa y dejé que Mara arrancara y se fuera echando madres. En cuanto nos perdió de vista, Dante y yo volteamos a vernos con complicidad:

—Te-ma-mas-te.

—¡Ya sé!

Y nos pusimos a abrazarnos frenéticas, como adolescentes. Dante my girlfriend.

Para perder al Yeyo hice como que agarrábamos Barragán, porque cuando agarrábamos ese camino para llegar a la casa, los Cabrones se detenían en un servicar dando por hecho que no me desviaría de mi ruta (nunca me desviaba de mi ruta). En cuanto vi por el espejo retrovisor que el Yeyo entraba a surtirse de cerveza, di vuelta en el lugar de siempre, agarré otro rumbo y aceleré.

—Aquí mero —metí quinta.

Me sentía eufórica, como una niña escapándose de la escuela.

Quitando el detalle del perro, la cabeza, la vomitada y los miados, le conté a Dante que había estado en la casa del alcalde y del estudio fotográfico.

—Pinche pedófilo de mierda. ¡Qué asco, Fernanda! Si se le ve la pinche lujuria, tanto afán por festivales infantiles, por invertir en las primarias, nomás para sentarse a los niños en las piernas y salir con cara de orgasmo en el periódico. Qué asco de cerdo, es como asquerosito, Fernanda, ¿pero cómo entraste a la casa de ese pinche cojo? ¿Ya te puso en su nómina a ti también, o qué?

Puta madre, y ahora para callarlo. Maldita la hora en que le platiqué.

—Nada más imagínate que le hicieran algo a Cinthia y que fueras de una de esas familias jodidas que no pueden ni protestar. No, wey, no, en serio que se ve cada cosa, en la secundaria donde yo...

—Ya, wey, no es cierto, no estuve, no fui, fue el Flaco, y él fue el que me contó a mí.

—Ah. Pinche mentirosa.

—Ya, wey, sorry. Pero es que te cuento algo y empiezas chingue y chingue. Y chingue y chingue. Me obligas a mentirte, tú tienes la culpa.

Nos cayó la noche en los centros comerciales y nos fuimos al Barrio.

Había un antro de punchis que me encantaba y que ya no existe. Desde que andaba con Julio no había vuelto, porque decía que le cagaba por fresa y porque la música electrónica le resultaba lo más pendejo que pudiera haber (y yo le contestaba que seguramente un reguetón sin ritmo era todo un despliegue de talento, a lo que él contestaba que cómo podía ser tan pendeja que confundiera al hip hop con el reguetón).

Cuando llegamos al antro, casi no había gente pero no nos importó. Pedimos unas cervezas y a la tercera nos paramos a bailar, aunque éramos los únicos en la pista. Yo sentía la felicidad de haber renacido.

—Ya se te subió, pinche loca.

—Esta noche quiero bailar, hoy no necesito de ti…

—No cantes, tonta.

—… voy a aprovechar como nunca, voy a ir a un antro como los que no te gustan.

—Ni siquiera es esa canción, mensa. Qué pena me das.

Dante estaba botado de la risa. Sólo me salía de la pista para ir por otra cerveza .

—Ya, wey, que te saquen a pasear más seguido —se burlaba de mí; no me importaba porque yo sentía que era el día más feliz de mi vida.

29

—Haz patria —le dije a Dante y me regresé a seguir bailando. Eso fue porque Dante me puso sobre aviso de que yo estaba bailándole muy embarrada a un chilango que me había encontrado en el tercer antro al que fuimos.

—Si entran ahorita los perros de tu marido, le va a ir muy mal a ese pobre muchacho. Le va ir muy mal, Fernanda, mal —Dante sonaba a madre preocupada.

Estaba Paul Van Dyk sonando y yo tenía todo el derecho a mi felicidad. Si yo bailaba y el tipo se me pegaba, era muy su problema.

—Qué buena estás, mamita.

—Nadie me dice "mamita", pendejo. Puedes seguir bailando conmigo con la condición de que no abras la boca.

—Vale.

Es que el tipo era guapo, parecía gringo, todo rubiecito y con camisa Levis, pero en cuanto hablaba, el pinche acento lo delataba.

Me empecé a levantar la blusa y el güerito, emocionado, se me pegaba más.

—¡Fernanda! —me zangoloteó Dante pero no le hice caso. Terminé de quitarme la blusa y hubiera seguido bailando si Dante no me hubiera empezado a arrastrar al baño, señalándome la entrada del lugar.

Como si los hubiera invocado, venían los Cabrones aventando gente. Dante trataba de ponerme la blusa y al mismo tiempo esconderme en el baño, todavía no nos habían visto los perros de mi marido. Yo me solté.

—No, a la chingada, yo no me voy a estar escondiendo.

—Qué, ¿te están molestando esos weyes? —el chilanguito se quiso hacer el machín.

Los Cabrones ya estaban enfrente de nosotros.

—No, wey, ni al caso, no pasa nada.

—Nada más venimos a ver si está bien —gritó el Yeyo porque la música reventaba los oídos.

—Todo bien, Yeyo —dije, aunque no creo que me oyera porque el chilango ya se le estaba yendo encima.

—¡Tranquilo!

De un madrazo el Yeyo lo dejó en el piso, las viejas que estaban alrededor empezaron a gritar histéricas, y entonces fui yo la que jaló a Dante de la mano hacia la salida. Emputadísima. Iba empujando a cuantos estuvieran estorbando, no me importaba.

—¡Chingado, estamos a gusto y tienen que llegar a hacer pedo! —le grité a los Cabrones, ya en la banqueta.

No contestaban, nomás se miraban entre ellos sin saber qué decir.

—¡Ya ponte la blusa, Fernanda!

—¡Vámonos ya, no quiero problemas!

—Nembe, oiga —al fin habló el Yeyo, como si fuera el vocero de todos—. Nosotros llegamos tranquilos, nomás porque nos avisaron que usté andaba en el Barrio y queríamos ver si se le ofrecía algo. El gringo ese fue el que se puso al tiro.

—No era gringo —se rio Dante.

—Ya, a la chingada. Tráiganme mi camioneta, está aquí a dos cuadras.

—Ya la trajo el Chino.

En efecto, mi camioneta estaba enfrente, con un chofer nuevo.

—¿Y ese wey quién es? —le pregunté al Yeyo mientras terminaba de abotonarme.

—El nuevo Cabrón.

—Mmta, se ve bien nena.

Dante se subió a la cabina de atrás con aires de gente importante, con la misma actitud que usaría si subiera a una limusina.

—Primero a Escobedo —le dije al tal Chino—. Tenemos que ir a dejar a mi amigo.

Yo iba a adelante para viborear bien al nuevo chofer. Dante, atrás, se recostó con los brazos extendidos. Sobra decir que parecía modelo. Que llevaba unos aires de diva que me hacían sentir un trapo.

30

Cuando volví a mi casa era viernes, cuatro de la mañana. La sala estaba a oscuras, entraron primero tres Cabrones, luego entramos el Yeyo, el nuevo y yo.

—Válgame, de cuando acá me cuidan tanto.

Me senté en la sala a fumar, así tendría un rato para averiguar cosas del nuevo, totalmente distinto a los demás. Más que malandro parecía hip hopero wannabe fresa: pelo que le llegaba a los hombros, ropa de marca, aperlado, muy alto, delgado y con modales, cejas súper oscuras, ojazos verdes. En todo el camino no le había dirigido la palabra, ni de regreso de Escobedo a la Purísima, no quería dejarle saber que me causaba curiosidad.

En cuanto Dante se había bajado de la camioneta, me había mandado un mensaje al celular: "GUAPITO ES DE LA FACU".

Quise averiguar si era cierto:

—¿Y a ti de dónde te sacaron?

—Soy de La Moderna.

Los Cabrones nunca daban más que datos vagos de su origen. De hecho, ni siquiera me sabía sus nombres.

—¿Y cómo llegaste a La Purísima?

—Caminando —se rio.

Los demás Cabrones también soltaron la risotada. Pinches simples. Se la pasaban fumando.

—¿Y tú sí sabes hablar, o eres como estos weyes? —los Cabrones volvieron a tirar la carcajada.

—Pues normal —me evadía.

—Yo te he visto antes.

—Ah.

—No está Julio, ¿verdad? —volteé a preguntarle al Yeyo.

—No.

—Ok.

Seguí fumando en la sala.

—¿Anda con la Coyota? —era el único Cabrón que faltaba.

—No.

—¿Este wey quedó en lugar de la Coyota?

Nadie me contestó.

La última vez que había visto a la Coyota había sido cuando dejó el Atos frente a la casa, con la puerta sin seguro, las llaves puestas y todo listo para que yo me subiera y me metiera en problemas.

"GUAPITO NO HABLA", le mandé un mensaje a Dante pero ya no contestó. Supuse que se había dormido y decidí hacer lo mismo. Apenas había subido las escaleras cuando oí el carro de Julio.

31

En cuanto me acosté, Julio abrió la puerta del cuarto. Quise hacerme la dormida pero él se acostó frente a mí y no pude evitar mirarlo.

Él también me miraba.

—Yo no sé cómo decir estas cosas, Fernanda.

—¿Qué?

—Tú que sientes por mí, Fer.

Qué iba a sentir, si Julio lo era todo.

—¿Cómo?

—Sí, que si nomás te gusto, o me quieres, o si ya de plano me amas.

Pero si desde la primera vez que lo vi lo deseé, tanto que haría cualquier cosa: dolorosa o indigna, honrosa o humillante, con tal de seguirlo mirando. Me gustó. Alto, moreno, ojos grises, voz tosca. Me gustaba cada vez que lo veía, como en la fiesta, donde lo observaba como si apenas lo descubriera. Nunca terminaría mi deseo de tocarlo, morderlo, meterlo en mi cama, y a partir de que empezamos lo amé a tal grado que daría cualquier cosa por él, mi nombre, mi vida. Me gustaba, lo amaba como uno ama todo lo que le ha faltado, lo que cree que jamás va a conseguir. Dependía total y absolutamente de él para que me dijera qué hacer con mi vida, depositada a sus pies para su completo servicio.

—¿No sabes si te amo o nada más me gustas?

—¿Me amas? —preguntó titubeando. Julio nunca me había hablado así.

—Sí.

Yo no pregunté porque no soportaría ni su silencio ni su negativa. Julio iba a hablar, batallaba, como que no podía poner en orden sus ideas.

—El día que besaste a Mónica, sentí un coraje bien grande, no sabes.

Pude haberme disculpado, pude haber jurado que no iba a volver a suceder, pude suplicarle que lo olvidara, pero ya no tenía ganas de pedir perdón.

Julio no podría admitir cuánto le había molestado, así que cambió de tema.

—Esa vieja comanda en Sinaloa.

—Algo así imaginé.

Julio me abrazó.

—¿En serio te hubieras entregado por mí? —me preguntó.

—Ya ves que sí.

—Te traigo bien adentro, Fernanda. Bien adentro.

No sabía si estaba soñando, ni sabía si me gustaba que Julio me hablara de esa manera.

32

Desperté a las ocho y Julio seguía ahí. Me apresuré a bañarme y vestirme para alcanzar a llegar a la segunda hora de clases. Entré a la cocina a prepararme un café y ahí estaba el Chino, súper nena, picando fruta para comer con yogurt.

—¿Y tú de dónde saliste?

—De la Moderna, ya te había dicho. Buenos días.

—Ya hablas.

—Sí.

—Ya sé de dónde te he visto —mentí—. Tú estás en Filo.

—Estaba.

—¿Y luego?

—Que la lingüística no deja.

Fingí estar distraída buscando la jarra de la cafetera.

—Ya está el café.

—Ah —me apené.

Era guapo el tal Chino. Era como el prototipo del niño llorón que no deja de ser encantador y que una adopta y bota al segundo día, porque una no busca un hijo, sino una pareja. Era lindo, como para tirárselo, a riesgo de que inmediatamente después del sexo se pusiera a llorar.

—¿Y cómo te llamas? —me aventuré demasiado.

—Luis.

—Ajá, claro.

Oí ruido en las escaleras, seguramente era Julio que bajaba.

—Me voy —iba a despedirme del Chino de beso, pero me arrepentí.

—Bye.

33

—Está chulo, ¿verdad? Me gustó —Dante y yo, en la escuela, hablábamos del Chino.

—¿Y de cuándo acá te gustan guapos?

—Cállate, mensa.

Retomé todas mis clases, y hasta me enteré de un programa de intercambio que estaba en boca de todos: Japón.

—Pues ya hasta se cerró la convocatoria. No tardan en salir los resultados. Según era para el mejor promedio, vamos a ver si es cierto.

—Con madre, Dantín, que quedes. Yo ya me resigné, ya troné tres materias, y ok, fue culpa mía, no hay pedo. Sigo viniendo pues para aprender, ¿verdad? A ver si el otro semestre le echo más ganas y dejo de huevonear tanto.

Mis días comenzaron a transcurrir entre clases, llevar a mi sobrina al básquet, comidas familiares, ordenar la casa y tender la ropa yo misma para que San Juana no se siguiera llevando mis vestidos y para no tener que soportar el ruido de la secadora. Sentía que por primera vez llevaba la vida de una muchacha normal.

34

Una muchacha normal a la que le gustan las rosas. Que tiene una hermana y una sobrina. Que tiene una mejor amiga y un novio. Una muchacha normal que se pone perfume y se preocupa por seguir delgada. Una muchacha que va a la escuela, como cualquier otra. Que se llama Fernanda, estudia, escucha pop. Que está enamorada. Que viste de rojo o rosa. Que dibuja corazones. Que ama dibujar gatos y conejitos y llegar a casa, conducir, chismorrear, ver Grey's Anatomy.

Una muchacha normal no pide gran cosa: que la quieran, salud, que las cosas no cambien, que nunca cambien, que no se embarace, que no aparezca más sangre, que la lista de muertos y desaparecidos en la ciudad no incluya a los suyos, que al dormir no la despierten las sirenas de las ambulancias. Una muchacha normal no pide más que, si no se ha muerto su padre, suceda pronto y de manera trágica, horrenda y asquerosa para que enterarse a través de los noticieros; que nunca su hermana aparezca destazada; que a nadie se le ocurra violar a su sobrina; que su hombre no termine con el cráneo perforado cualquier día de éstos; que la policía no vuelva a arrojarle en el regazo la cabeza de un muerto.

Una chica normal quiere ser feliz y, ¿qué es la felicidad sino dormir al lado de su hombre, escucharlo respirar y saber que él la cuida? Pero en algún momento, la chica normal se da cuenta de que también es feliz durmiendo sola, y descubre que está tan sola como desprotegida, haya uno o dos en la cama. Entonces la chica normal cuestiona y sabe que ¡por Dios!, nunca estará satisfecha con las pequeñas cosas, con la salud, con la abundancia; sabe que nunca estará contenta con la perpetuidad ni con las búsquedas. Una chica normal sabe que la felicidad no se obtiene con nada.

Entonces entiende.

35

Fui a presentar el último examen del semestre, no porque tuviera posibilidad de acreditar la materia, sino para ver cómo me tocaría el próximo semestre que volviera a cursarla. Dante ya había cursado esa clase el semestre anterior, por eso se me hizo tan raro verlo por ahí.

—¿Qué pasó? —Dante se veía malhumorado, sacado de onda.

—Ya vine a ver los resultados, y no, como que no —Dante me esquivaba la mirada.

—Pero, ¿qué pedo, qué pasó, qué tienes?

Dante me jaló del brazo y me alejó de los compañeros que iban saliendo del examen. Cuando llegamos al extremo del pasillo, me dijo:

—El pinche Acevedo, hijo de su puta madre, hizo una cosa rara, como muy fea. Extraña.

Se refería al director.

—¿Cómo?

—Cambió las reglas de lo del intercambio.

—¿Cómo?

—Pues ya vi, wey. Saqué el promedio más alto, voy a ver qué pedo al departamento escolar y me dicen que lo vea con el puto director, y el pendejo sale con que no, que era para el promedio global más alto, no sólo de este semestre...

—No mames...

—...o sea, no, pues valen verga.

—Puta madre.

Dante iba bajando las escaleras, y yo tras él. Preguntarle quién había salido con el promedio más alto hubiera herido su orgullo, así que me limité a echarle una ojeada a las listas mientras iba corriendo tras Dante. Vi muy sonrisitas a Mara, rondando la dirección.

Cuando fuimos a contarle lo sucedido al tutor de tesis de Dante, nos explicó que Japón estaba solicitando diez alumnos, el problema era que la Facultad no quería gastar tanto dinero (el colegio de Japón sólo pagaba hospedaje y el curso, que por sí solo era carísimo) y por eso sólo iría quien pudiera costear su propio viaje.

—Eso es todo, Dante, seguramente Mara va a pagar sus gastos.

—Pero si ya ves que siempre anda batallando...

—Pues sí, pero con tal de quedar como la alumna más brillante del semestre...

36

Dante iba tan enojado que se dio cuenta muy tarde de que íbamos rumbo a mi casa. Cuando yo vivía en el departamentito, Dante nunca salía de conmigo o de con Sofía, pero cuando me mudé con Julio nada más iba si no le quedaba de otra; por eso me lo llevé sin preguntarle, para que viera que Julio había cambiado mucho.

—Me vas a llevar a mi casa, pendeja; yo no quería que me trajeras hasta acá. Ahora llévame —me dijo cuando al fin vio el rumbo por donde andábamos.

—Sí, ya sabes que no hay pedo.

—¡Rojo! —gritó Dante casi sin aire, bien pinche exagerado. Iba a dar vuelta para tomar Gonzalitos, volándome el alto porque no había visto el semáforo. Suele pasarme que si estoy contenta, hablo mucho y no pongo atención a cómo voy manejando. Estaba muy contenta por estar con Dante y por traer un BMW que, obvio, no era mío, pero se sentía poca madre traer un BMW aunque fuera prestado.

Frené, muy a tiempo para no chocar, pero sí le metí un susto a la vieja que iba cruzando justo frente a mí en un Peugeot. Quedé con la trompa del carro muy salida, y la vieja con rulos en la cabeza, haciendo jetas, manoteó y me indicó a señas que no fuera tan imprudente. Yo me quité los lentes oscuros para verla bien.

Peugeot mata Atos, pero BMW mata Peugeot. En cuanto pude, con el semáforo aún en rojo, di vuelta.

—¿Dónde va la pendeja esa?

—¿Para qué?

Vi el Peugeot alejándose y comencé a rebasar.

—Fernanda.

—Pinche vieja, pinche ñora ridícula con tubos en la cabeza. Naca.

Me le alineé y bajé el vidrio de mi lado. La tipa volteó a verme, sacada de onda. Me le pegué más.

—¡Baja el vidrio, pendeja!

Aceleraba, y yo también.

—¡Baja el vidrio!

—¡Fernanda, ya! Es un una ñora, ¡ya!

—Abre la guantera, de volón, Dante. Ya.

Dante la abrió y gritó.

—¡Estás jodida, yo no voy a agarrar eso!

—No está cargada, mensa, dámela ya.

Dante no quiso agarrarla con la mano, traía un flyer de publicidad de HEB y con eso la agarró y me la dio. Yo le seguía gritando a la tipa que bajara el vidrio. Y la tipa seguía acelerando, cagada de miedo, sin querer voltear a mirarme.

Alcé la pistola con la izquierda nada más para que la tipa la viera. En cuanto volteó, gritó, perdió el control y se subió a la banqueta.

—¡Agarra bien el volante, pinche Fernanda! —Dante sin aire.

—Se va a estrellar contra el árbol, la pendeja.

En el instante en que lo dije sucedió. No estuvo nada estrepitoso, como que coleó, le dio al árbol con el lado derecho, con la puerta de atrás y ahí se quedó estrellada.

—A la chingada, wey, vámonos —dijo Dante.

Todavía frené junto a ella y le grité:

—¡Para que aprendas a no jorobarme, pendeja!

37

—Ni le pasó nada, pa' qué te zurras —traté de tranquilizar a Dante.

Dante no tenía color.

—Para que aprenda a respetarme la pendeja.

Dante no hablaba. Por primera y milagrosa vez en su vida, Dante no hablaba.

—Tú viste que no le hice nada. Yo nada más quería que nos tocara un alto para bajarme y meterle un susto, nada más eso, pero ella sola fue y chocó, tú viste que no la toqué en ningún momento, ni a ella ni al carro.

Dante seguía amarillo.

—No traigo balas, wey. Ni una, te lo juro por la puta de mi madre. El Chino la puso ahí en la mañana por si alguien me metía un susto, nomás pa' azorrillar. Pero no traigo una puta bala. No sé disparar, wey. Si tratas de defenderte de un sicario con una pistola, te la quita en ese instante y te va peor. No traigo una puta bala, entiende.

No sabía ni cómo convencerlo.

—Ya, wey, si quieres te llevo de una vez a tu casa —le dije sin pedos, toda sentidilla.

—Ah, no —al fin contestó—. A mí me llevas a tu casa, ya estamos a tres cuadras, no me vuelves a dar este paseíto —se arrellanó en su asiento—. Y de regreso, yo no sé cómo le haces pero me mandas con tu chofer el guapo.

—Eso era todo, ¿verdad?

Me fui alineando hacia la casa.

—Ese muchacho es bien freak. Fíjate que no habla, o sea, se lleva súper bien con los otros, pero como que ya lo agarraron de su mudo. Es bien raro. No sé de dónde lo habrán sacado.

—Es de la facu, te digo, pero acabó hace meses, hace como dos semestres que acabó. Yo creo. No hablaba con muchos, es como mamón. Así como que engreído. Te lo juro, o sea, no es mentira.

—Es que no. Si yo lo hubiera visto me acordaría.

Sí, si lo hubiera visto me acordaría: muy chulo, alto, blanco, cabello muy oscuro, chino, ojos bien grandotes, verdes.

—Oye, ¿y es buga o bicicleta o gay?

—Sepa. A mí ni me pela.

—Ajá. No te pela y te presta su BMW.

—No, me refiero a que no me pela en plan de ligue.

—Pues no, ¿cómo?, no, amanece cadáver el muchacho.

—Cállate, tonta.

—Míralo, ahí está —dijo Dante cuando me iba a estacionar.

En efecto, el Chino estaba parado en la puerta. En cuanto nos vio, se acercó para estacionar el carro, como si fuera un valet parking.

—Todo gato —se rio Dante.

—Déjalo en paz, está chulo. Mira las pestañotas que tiene.

—Deja tú las pestañas, quién se fija en las pestañas. ¡Mira qué culo!

Dante y yo no disimulábamos en lo más mínimo que hablábamos de él.

—Oye, ¿y si entro me va a saludar tu marido? Porque no estoy de humor para que me hagan jetas.

—Ni al caso, wey, ¿quién te va a hacer jetas?

Pero no había nadie aparte del Chino, que andaba por ahí haciéndose pendejo, quesque cuidando la casa.

—Yo te conozco —le dijo Dante a manera de saludo.

—No creo —respondió el Chino.

—Sí, eres de la escuela, eres de la generación de los que apoyaron a… ay, no me acuerdo. Equis. Yo te he visto. Una vez estabas en la jardinera con…

—¿Se va a tardar Julio? —libré al Chino de la plática abrumadora de Dante.

—Salieron de la ciudad.

—Con madre —dijo Dante.

—Ya, mamón —le contesté.

Fuimos a la cocina a preparar mojitos a pesar de que era mediodía. Merecíamos celebrar que se había terminado el semestre, aunque yo tuviera que repetirlo nuevamente y Dante no hubiera obtenido el premio que merecía.

—Me caga que sea todo mudo —seguíamos hablando del Chino.

—Ya sé. Pero está muy bien. Es agradable. Mmm, digamos que me satisface estéticamente hablando —de repente Dante soltaba sus frases domingueras con las que no aportaba nada, pero que decía de manera lenta, con la seriedad de estar diciendo una cita memorable.

—Voy a hablarle a Sofía.

—Sí, dile que no está tu viejo, y con toda seguridad yo creo que se va a dejar venir.

—Mala.

Le hablé a Sofía, y dio la casualidad de que tenía el día libre y cayó a la casa inmediatamente. Me sorprendí de verla tan cansada. Fue como si tuviera años sin verla. Me vi en ella: seguramente dentro de cinco o seis años yo luciría igual. Aunque yo no tendría hijos: preferiría comerme mis propios abortos antes de traer más gente al mundo. No puedo ni con mi propia vida, mucho menos querría encargarme de alguien más. "Me hubieras tirado al arroyo", fue una frase que se me clavó en la frente toda la tarde. No me tomé más que un mojito para que no se me fuera a subir el alcohol y repitiera esa frase que no se me salía de la cabeza: "Me hubieras tirado al arroyo". Dante, Sofía y yo estábamos sentadas en la sala, yo pretendía poner cara de felicidad, pero algo de mi hermana me estaba irritando sobremanera: su ropa pobre, su cabello descuidado, su vida mediocre, sus 30 años tan sin esperanza. La vi más ordinaria que nunca y su presencia, por primera vez en la vida, me molestó.

Las quejas de Dante sobre que le habían robado su viaje a Japón también comenzaron a irritarme. Entendía que era justo que Dante se quejara, nunca lo hacía; era su turno, él siempre me soportaba, a la hora que fuera, en persona, por teléfono, vía MSN o correo electrónico, como fuera. En teoría me quedaba claro, pero en la praxis, sentía que yo era la única que tenía derecho a adoptar un tono lastimero.

No sabía a dónde mirar, me sentía por demás mala actriz mirándolos a la cara. Clavé la vista en los zapatos de Sofía: gastados, puntiagudos, pasados totalmente de moda, completamente adaptados a la forma de sus pies. Me dieron asco sus zapatos, quise pedirle que no pisara el tapete, traerle un cartón o un periódico para que no ensuciara mis pasillos de duela.

Cada vez me sentía más incómoda. "Me hubieras tirado al arroyo", "Cualquier cosa antes que esta vida mediocre", "Jodiste tu vida por cuidarme: pésima inversión". No dejaba de pensar. Y todavía más me irritaba que mientras más me enojaba, Dante y Sofía se sentían más a gusto y más felices, y no tenían para cuándo irse.

En algún momento, Sofía se sintió en confianza y empezó a exprimirse un barrito que tenía en la mejilla. No pude más.

—Ahorita vengo —dije, y me salí a la calle.

Ahí seguía el Chino, sentado en la banqueta leyendo.

—¿Qué haces? —me sentí absolutamente estúpida en cuanto terminé la pregunta.

—Mmmm… ¿leo?

—Obvio. Me refería a qué lees.

—Ah, Bajtin.

—Con madre.

—¿Qué has leído de él?

—Bueno, yo nada, pero creo que Dante sí, y todo lo que lee Dante es chido —cada vez me veía más tonta.

—Ah. Pues sí, es poca madre. Mira: "El hombre nunca coincide consigo mismo. Jamás se puede aplicar al hombre la fórmula de identidad A es igual a A" —leyó el Chino emocionado.

—Ahorita me siento A es igual a Z —me senté a fumar junto a él. Nos quedamos callados, hasta que sonó mi celular.

—Tu celular —dijo el Chino, como si yo no lo hubiera oído.

—Es un mensaje —era Julio diciéndome que me pusiera chula, que pasaría por mí para llevarme a cenar.

—Tu novio.

—Sí.

—¿Te tiene muy checada?

—Nah.

Timbró mi celular.

—¿Qué pasó, mi amor? —le contesté a mi sobrina, que me pedía prestada una playera, una maletita para el gimnasio, la plancha para el pelo porque se le había quemado la suya y que le mandara todo con su mamá cuando se fuera.

—Sí, corazón. Te quiero. Bye.

Colgué.

—¿Otra vez tu novio?

No le contesté, me causó gracia que se imaginara que yo le hablaba a Julio en rosa: corazón, mi amor, mi vida. Obviamente no podía referirme así a él. Nunca.

El Chino hizo una sonrisilla que no supe cómo interpretar.

—Sí, te tiene muy checada.

Caí en la cuenta de que ese simple hecho de sentarme a fumar e intercambiar palabras con él, era lo más cercano que yo había estado a cualquiera de los Cabrones.

—Y si sabes leer, ¿cómo es que llegaste aquí?

El Chino se rio cubriéndose los ojos.

"Lo que me faltaba", pensé, "me gusta una nena. Una nena simple que se ríe de idioteces y que no sabe cómo acercarse a las mujeres, más que fingiéndose intelectualito".

Volteé a mirar mis zapatos: italianos, piel fina, cómodos, impecables. Quería ser *A* y volver a la sala a convivir con mi hermana y Dante, pero sabía que en cuanto entrara me convertiría en *Z* y los odiaría, les gritaría que salieran de mi casa inmediatamente, que sus ordinarias vidas me tenían sin cuidado, que yo estaba en otro nivel y que no me ensuciaran la alfombra.

—Mira —volvió el Chino al tema—. Cuando entré aquí me pusieron muchas reglas, pero las más importantes las descubrí yo solo el primer día. Uno: no hablar de estas cosas. Dos: tratar a su majestad Fernanda con pinzas. Así que por favor no me hagas preguntas porque incumplo cualquiera de estas dos reglas vitales.

Tanto choro para que no me dijera nada.

—Ok, nada más dime qué pedo con la Coyota.

Se me quedó viendo con una ceja levantada, con cara de que hacía uso de toda su paciencia.

—Fernanda… ¡por favor! ¿Dónde va a estar la Coyota después de ponerte un cuatro a ti, la reinita del norte?

Lo que me faltaba: que me tratara como a una pendeja.

—Sí, wey, bye —me metí azotando la puerta.

38

Atravesé la sala casi creo echando espuma por la boca. Subí y me encerré en mi cuarto. No podía dejar que un pendejo, un absoluto nadie, me hablara así. Empezó a sonar mi celular una, dos, tres veces. Era el Chino. No pude más y le contesté. Comenzó a disculparse.

—Oye, no te quise hacer enojar. Perdón —me marcó desde la banqueta a mi celular. No se atrevía ni a entrar en la casa.

—No te preocupes, wey, no le voy a decir nada a Julio, ya me imagino yo haciendo el ridículo de andar acusando a la gente, ni que tuviera cinco años.

—Pues sí, pero independientemente de eso, ya la cagué, ya empecé del nabo contigo. Perdón.

Lo dejé hablar.

—Eres una mujer poca madre, de esas que uno quiere retener. De esas que uno sabe que no existen… Ya, Fernanda. No me hagas decir estas cosas.

Quise contestarle algo tierno de niños de primaria, algo como "Me gustas mucho, ¿quieres ser mi novio?", pero el Chino se veía tan sweet, que seguramente hasta se lo creería.

—De veras, Chino, no hay pedo. Nada más quiero que me digas una cosa.

—¿Qué?

—¿Cómo te llamas?

—Andrés.

—Era todo, wey. ¿Ves? Para qué te pones mamón.

—No es eso…

Nos quedamos platicando mucho rato. Yo asomada en la ventana de mi cuarto y él parado en la banqueta, como si fuéramos noviecitos de secundaria. El Chino hasta se metió a la camioneta a ponerme una canción de un disco.

—Se llaman "Lolita band", son de aquí.

—Suena como un rock súper suavecito…

No sabía qué más decir.

—Está bonita.

El Chino no decía nada.

—Sí, está padre.

—Con esa canción me acordaba mucho de ti… Y no dejes de bailar, no dejes de mirarme así, haciéndome pensar: no todo lo que ves es gris… —se puso a cantar.

Entonces la callada fui yo. Era una conversación muy torpe, eran mariposas en la panza, era como revivir la adolescencia, los primeros novios, esas ganas de estar con alguien simplemente por eso, por estar con alguien, no por joder a nadie más.

—Con esa canción me acordaba mucho de ti —volvió a decir.

—¿Cómo?

—De la primera vez que nos vimos, no, que te vi, a que volví a verte, pasaron muchos días. Con esa canción me acordaba mucho de ti.

Yo no entendía a qué se refería.

—La primera vez que te vi estabas bailando, y me quise acercar a ti, pero no se pudo. Yo te miraba pero tú a mí no.

Quería decirle "Me gustas", "Me gustas mucho". Quería decir muchas cosas, tenía la boca atascada de lugares comunes. En eso estábamos, en las cosquillas de la panza, cuando me dijo:

—Ahí viene Julio.

—Bueno, bye —colgué y me metí a bañar inmediatamente. Había olvidado lo de la cena.

39

—¿Qué pedo con la vieja más buena del mundo? —aventó Julio la puerta del cuarto cuando me estaba vistiendo.

—Hola. ¿Dónde andabas?

—En mis jales, qué te importa.

Ya no dijo más, me levantó el vestido y me comenzó a penetrar por detrás.

Yo pensaba en los ojos verdes y en esas pestañas.

Cuando al fin bajé, vestida, maquillada y con el cabello espectacular, el Chino estaba muy acomodado entre Dante y Sofía, y los tres reían como si fueran los mejores amigos del mundo. Estaban los demás Cabrones, pero ellos en su pedo, jugando dominó y pisteando.

Julio se adelantó; yo me planté frente al Chino:

—Al rato vas a dejar a Dante a su casa, porque ya no me da tiempo de llevarlo.

—Como usted mande —contestó el Chino, serio. Pasé de largo, sin despedirme de Dante ni de Sofi.

—¿Qué pedo? —alcancé a oír.

—Como que va toda emputada.

—Así vive esa mujer —aclaró Sofía, restándole importancia al asunto.

40

—Cásate conmigo, Fernanda —una voz.

Él no podía ser Julio, sería un holograma, o cualquiera, cualquier otro, pidiéndome que me casara con él. Una ilusión óptica tan irreal como ese lugar en donde estábamos: una finca en Villa de Santiago, no con una casa, sino con una mansión, caballerizas, caballos pura sangre, candelabros finos, una mesa dispuesta con flores y luz de velas y al fondo de la sala, a media luz, un trío de violinistas.

Toda una penosa y estúpida farsa rosa. El romántico momento con el que sueña toda niña regia que entra al Tec para conseguir marido rico o extranjero.

Afuera, Nitros, Hummers y Toyotas.

—No —respondí, tanto a su propuesta como a la desaparición de mi Julio. (Él no era mío, y cuando comenzó a serlo, dejó de ser Él.)

—Fernanda —se inclinó hacia mí—, lo más importante que tengo eres tú.

No respondí. Seguía conservando esa habilidad para dejarme muda. Y de hecho, él no esperó mi respuesta:

—Nos vamos a casar en la iglesita que está al lado de la Macro, la que te gusta. Se va a ver bien chula tu hermana y la huerquilla, y ¡puta! Los Cabrones van a tener que ir de traje, se van a ver bien zurrados.

Había un tipo tan extraño ahí junto a mí, tomándome de la mano, hablándome de flores y de iglesias, sonriéndome y prometiéndome envejecer juntos. Me inclinó hacia él tomándome de la cabeza y yo me daba cuenta de que hacía un gran esfuerzo por no ser tosco.

—Y esta casa que ves, no tiene muebles porque los vas a escoger tú misma.

—¡Óyeme, no! Yo estoy muy feliz en la Purísima —al fin pude protestar.

A mí me encantaba la casa de La Purísima, hasta me parecía excesivamente grande: dos pisos para mí sola porque Julio y los Cabrones no estaban ni la mitad del tiempo. Toda la vida la había pasado con Sofía, ahí mismo, en La Purísima pero en la casa que nos dejó mi mamá; la misma donde aún vivían ella y la niña. Un tiempo me dio por la independencia y me fui a rentar un departamentito, pero me resultaba tan difícil dormir, preocupada por Sofía y Cinthia, que me regresé con ellas. Luego Julio me compró la casa y me fui a vivir con él. Vivir juntos, lo que se dice vivir juntos, no fue. Julio tenía otras casas para sus negocios y sus parrandas. Fue difícil al principio, pero luego entendí que podría ser peor, así que aprendí a vivir muy contenta mientras no metiera otras viejas en mi casa. Así funcionaba: de la puerta para adentro Julio me tenía a mí, de la puerta para afuera Julio podía tener lo que quisiera. Ahora Julio quería cambiar las cosas y yo no estaba segura de que fuera para bien.

—No. Ya estuvo bueno, ¿dónde quedo yo teniendo a mi esposa en esa colonia tan pinche?

—¿Y mi carrera? Tengo que terminarla, sí me importa aunque parezca que no.

Era como si no me oyera, seguía en su viaje de la finca, la boda, los padrinos. Le hizo un gesto al Yeyo, que estaba en la mesa de al lado, y su perro faldero llegó corriendo a dejarle algo en la mano.

Julio se arrodilló.

Julio, perro carnicero, abrió el estuchito que le había entregado el Yeyo y sacó un diamante tan grande como yo nunca había visto, no en persona. Lo tomó y me preguntó lo mismo, aquello cuya respuesta no le importaba.

—¿Quieres casarte conmigo?

—Julio, yo...

No le dije más, él ya me había puesto el anillo de compromiso y, emocionado, me pedía salir para que viera una yegua blanca, que según él, estaba rechula.

41

Mamá siempre nos contaba de los caballos. Cuántos caballos. Chiquitos y grandes, de todos colores. También nos contaba de los ranchos que tenía mi abuelo en Linares y que los fines de semana trepaba a sus ocho hijas a alguna carreta y las llevaba de un rancho a otro. No era que el abuelo no tuviera autos, era que las chiquillas amaban con inmensa locura a los caballos porque ya desde niñas sabían del olor del dinero.

Las ocho huercas iban vestidas de fiesta porque les gustaba presumir. Mis abuelos sólo tuvieron mujeres, y el único varón que les nació, como dicen en el rancho, no se logró.

Mamá fue expulsada de todo eso cuando se embarazó de Sofía. El pecado no fue haberse embarazado sin casarse, sino embarazarse de un pinche comerciante de la central de abastos de Guadalupe, que andaba por Linares vendiendo sandías y guayabas (en cambio otra tía, que se embarazó del presidente municipal en turno, casado, fue enviada al gabacho para que tuviera a su hijo y regresara diciendo que se había casado con un ingeniero gringo muy importante, tan importante que jamás pisaría tierras linarenses).

Historias, al fin, de rancho. Uno va juntando los hilitos de rumores que obtiene y forma el chisme completo. De esa gente sólo conocí a mi tía Marina y al abuelo. Él se encargó de nuestro sustento hasta el día de su muerte, que afortunadamente fue antes de que mamá falleciera. Él nos regaló la casa de la Purísima (donde viven Sofía y la niña) a escondidas de mi abuela. Mis otras tías son igualitas a la abuela: hijas de perra. La única que nos ayudó cuando nos quedamos huérfanas fue la tía Marina, y con eso se sacó que la abuela la borrara de la lista de herederos a pesar de que sobraban casas y ranchos. Dice mi tía que no le importa, que ella es muy feliz en su casita de Infonavit, que no tiene pleitos con nadie y que está bien con toda su familia. Que lo único que extraña son los caballos.

Julio me regaló una yegua blanca, de esas que tienen pelos en las patas que parecen pantalones acampanados, no sé como se llaman, no sé nada de caballos. Una yegua con cabello casi creo más sedoso que el mío. Podría agarrar mi yegua y venderla. Podría regalársela a mi tía Marina. Podría estar convirtiéndome en mi madre.

42

—Ya, wey, este cabrón también es chido —dijo Julio, refiriéndose al Chino al tiempo que abría la puerta de la casa.

De regreso yo había estado insistiendo con el asunto de la Coyota, tirando preguntas al aire para ver qué sacaba: "¿será que anda prófugo?", "¿será cierto lo que dijo el alcalde, que él mató a Ramiro Silva?", "¿y si le tendieron una trampa?", como si me importara.

El Chino leía a Chomsky en el sofá. Nada más de acordarme de cómo estaba muy amiguito de Sofía y de Dante, me dio coraje.

—¡Abriste mi mochila! —lo acusé.

—No, este libro es mío.

—Es que yo tengo uno igual. A ver.

Le arrebaté el libro y sí, en efecto, era suyo.

—Ya ves, este cabrón es de ley —dijo Julio defendiendo al Chino.

—Pero ni dice nada.

Julio y yo hablábamos del Chino en su presencia, con la misma actitud con la que discutiríamos si tirar o no el sofá. El Chino no intervenía, se limitaba a mirarnos impaciente por reanudar su lectura.

—Entonces la Coyota no va a volver.

—No, que ya se va a quedar el Chino.

—Pero pinche Chino, mira, ni dice nada.

—Pos si no está aquí pa' que hable.

43

Para las cinco de la mañana yo no había dormido un solo minuto. Veía avanzar el reloj, tan lento, tan lento. Bajé a hablar por teléfono a la sala, pero recordé que estaba enojada con Dante. Me quedé ahí, sentada, con ganas de marcarle al Chino o a quien fuera. Realmente no tenía todos los amigos que necesitaba. Ni siquiera yo era amiga mía.

Subí a ver a Julio, que dormía a pierna suelta. "En cuanto el mejor amante se convierte en esposo, comienza a roncar", me había dicho una vez Sofía. Yo no sé por qué lo decía, si nunca había estado casada. De hecho, nunca había tenido una pareja estable. Sofía jamás metería a un hombre en la casa mientras ahí hubiera una niña. Ya lo había hecho años atrás por mí y ahora lo hacía por Cinthia. Pensé en marcarle a mi hermana, pero igual y estaba dormida.

Me acosté junto a Julio y lo abracé, pero no respondió a mi abrazo, ni siquiera se percató de que yo estaba ahí. Me hice hasta la orilla de la cama y empecé a contar escalones imaginarios, pensando que cada uno tenía un número y que yo iba bajando. Alguien me había dicho que, si comenzaba desde el cien, antes de llegar al cero me habría dormido.

Hice el conteo tres veces. La cuarta vez me dio pereza concluirlo.

Vi cómo con lentitud llegaron las ocho de la mañana. Me levanté con calma, me bañé, me vestí, me peiné, me maquillé. De rato se despertó Julio de buen humor, y le dije que tenía algo que pedirle.

44

—¿Y como para qué?, si tú no necesitas esas cosas. Conmigo nunca te ha faltado nada.

—No es eso, no es por lana, es por aprender. Si me vas a encerrar en tu hacienda como si fuera otra pinche yegua, al menos déjame que aprenda todo lo que pueda antes de que me enclaustres.

—¿Y qué ganas con eso?

—Aprender, es lo único que quiero, te lo juro. Y tú vas a poder presentarme a mucha gente importante sin que te dé miedo que me ponga a decir pendejadas o no entienda de qué hablan.

—Orita es cuando estás diciendo puras pendejadas.

—Julio, por favor, déjame ir. Regálamelo. No sabes cuánto había soñado con eso desde niña. Es… es un sueño, Julio, en serio. Consíguemelo nada más por eso.

—Ah, cómo chingas.

Julio se fue y me dejó a tres Cabrones tirando hueva en

la sala. Regresó a las dos horas y me dijo:

—Yastá. Me salió caro tu chistecito, pero yastá. Lo único que tienes que hacer es conocer a no sé que wey, llámales para que te digan bien. Y no decir nada. No sabía que tenías el semestre reprobado, pendeja, de haber sabido no voy a dar la cara por ti. Pinche burra. Puras pinches vergüenzas contigo.

Yo no hacía más que abrazarlo, besarlo en el cuello y decirle que se lo iba a agradecer siempre.

45

—Dantina —no sabía cómo se explicárselo: urgencia de huir, necesidad de estar sola, ver cuánto podía obtener de Julio, que necesitaba irme porque era como si ese momento en la patrulla no se hubiera terminado nunca...

Nos habíamos citado en Plaza México para andar un rato por Morelos viendo ropa y comiendo conchitas.

—Ahora que ya habla me cayó bien el tal Chino. ¿Tú estarías de acuerdo en que anduviera con tu hermana? Digo, en caso de que los dos se gustaran. O sea, si al Chino le gustara Sofía y a Sofía le gustara el Chino porque, podría pasar, ¿no?

—Shut up. No mames.

La conversación se iba por todos lados, excepto por lo que quería decirle.

—Oye, ya, cállate, óyeme.

—¿Qué?

—Me voy a ir a Tokio. Salgo pasado mañana.

—Sí, wey.

—Ya compré el boleto, mensa. Julio me consiguió lo del curso.

Se lo mostré. A Dante le cambiaron los colores de la cara.

—Dime algo, wey.

—¿Qué te digo, pendeja?, siento chido por ti, pero a la vez es muy jodido. Yo sé que tú no lo hiciste en mal plan, pero yo, en lo personal, lo siento como una traición hacia mí, porque yo luché por esto todo el semestre, para que venga la machorra de Mara y me joda. Fuck you, wey, tú también, cómo vas y compras el curso si sabes que muchas personas nos esforzamos mucho por conseguirlo.

—Wey, yo no te metí la pata.

—Ya sé, Fer, pero se siente gacho. Casi creo que vienes y me lo embarras en la cara.

—No, Dante, no jodas, ¿cómo crees que te lo quiero embarrar en la cara? Chingada madre.

—Pues no quieres, pero es lo que estás haciendo. Ya me voy, Fer, tengo un chingo de cosas pendientes que hacer. Que te vaya poca madre.

Oí su despedida pero no le vi la cara. Ya iba caminando, dándome la espalda, perdiéndose entre la gente. Quise alcanzarlo y explicarle que era el lugar más lejano a donde podría irme. Que ni era personal, ni me importaba el curso. Que simplemente tenía que desaparecer. Pero cualquier cosa que dijera no le iba a servir de nada.

46

—Voy a llevar a los amarillos a cenar.

Como ya no había habido tiempo de tener una entrevista formal con los profesores asiáticos, decidimos ir a cenar para que nos conociéramos. Julio seguía sin estar muy convencido de dejarme ir pero, sin hablarme, me había extendido su tarjeta para pagar los boletos.

—Son dos semanas nada más, para qué haces pedo.

—Sí, wey, ¿y si no vuelves?

—Chingado, ni modo que me quede a vivir en un pinche país chiquitito donde no conozco a nadie, y todos están bien pinches culeros. Además, ni hablo el idioma.

Ya ni sabía si contarle a Sofía. Igual y ella también me dejaba de hablar. No pensé que un puto viaje de dos semanas fuera a causar tantos disgustos. Para mí todo pasaba tan rápido y se había solucionado de manera tan fácil, que no lo iba a creer hasta que estuviera en el aeropuerto. Lo de la cena-entrevista era puro protocolo, ya todo estaba resuelto.

Al director nipón ya lo había visto varias veces antes, en la facultad. Sin embargo, nunca le había puesto atención (hasta que Julio me pidió matrimonio volteé a mirar a todos los hombres que tenía alrededor): treinta y dos años, alto, moreno aperlado, radiante. No tenía, para nada, rasgos asiáticos: era hijo de colombianos, nacido en Japón.

—A dónde los vas a llevar —volvió Julio a dirigirme la palabra sólo para preguntarme eso.

Y por supuesto, se presentó a marcar su territorio. Pinche perro callejero. Poco le faltó para sentarse en nuestra mesa. Llegó, me besó enfrente de todos, saludó con desgano y se fue alardeando con los Cabrones a sentarse en la mesa de al lado.

—Is he your husband? —me preguntó el director.

—No. No. No. No. Are you married? —volteé la situación.

—No —dijo ruborizándose.

No sé cuáles hombres son más peligrosos, si los que ladran o los que se hacen los tímidos. El director viajaba con un par de profesores: un hombre y una mujer. Ella no podía estar delante de él sin intimidarse. Supuse que sería un soltero codiciado. Guapo, bien acomodado, con lana, alto, señor estilo. No coqueteé. Incluso me cuidé mucho de no hacerlo. Recurrí sólo a mis supuestos intereses académicos. Me iría dos semanas al destino más lejano que podía llegar.

Japonés pura sangre latinoamericana me ayudaría a entender con cuántos hombres necesitaba estar antes de firmar un contrato de exclusividad.

47

Seguramente en ese momento mi perro estaría despierto. Yo me bebía la deliciosa noche y me comía a un wey japonés de nacimiento, colombiano de ascendencia. No sabía bien si tratarlo como latino o asiático, pero eso salía sobrando.

Tuve una sensación de estar en el gabacho cuando cayó la noche. Los últimos cuatro días me había esforzado tanto en planear a la perfección "el viaje", que cuando al fin todo pasó como yo quería que sucediera, tenía la sensación de estar lejos. Muy lejos.

Sentía totalmente lejanas las horas previas en que debía haber tomado el avión a Nueva York. Julio había insistido tanto en que pasaría por mí para llevarme al aeropuerto, que tuve que salir un par de horas antes de lo previsto para no topármelo y que no me acompañara. Sola comencé a bajar mi maleta, pero me oyó el Yeyo, que estaba afuera, y terminó de bajarla por mí. La subió a su Hummer y me dijo:

—El patrón se quería despedir de usted.

—Para qué, Yeyo, ni que me fuera a quedar allá toda la vida.

—Pos sí —accedió a llevarme.

Acababa de subirme a la troca cuando llegó corriendo Cinthia.

—Hola, mi amor —le dije emocionada de que por fin alguien me deseara suerte.

—Tía, te tengo que preguntar algo.

—Dime.

—No, bájate.

—Mija, tengo mucha prisa. Dame un beso que ya me voy.

—Es que tengo que preguntarte algo de mi papá.

Yeyo se iba a bajar para abrirme la puerta pero le dije que no, que ahí me esperara.

Bajé.

Me di cuenta de que Cinthia ya estaba de mi tamaño (aunque bueno, medir 1.55 no es tanto logro).

—Tía…

Cinthia me jaló a varios metros de la camioneta hasta que estuvo segura de que el Yeyo no nos iba a oír. Lo miraba con recelo. Supuse que me preguntaría algo relacionado con la pensión, que por qué a sus amigas sí les daban y a ella no, alguna de esas cosas que yo la mandaba siempre a consultar con su mamá.

—¿Qué pasó?

—Tía… —se me acercó al oído—. Dice mi mamá que no vuelvas, que te vayas al Paso y que allá te alcanzamos.

Que así todas vamos a estar bien.

Vaya. Yo buscando soluciones para mí, y mi hermana buscando soluciones para todas.

—Mija —yo también le hablé al oído—, dile a tu mamá que tengo que volver. Pero que de regreso hablo con ella. Y que la quiero.

Le di un beso a mi sobrina y corrí a la camioneta:

—¡A las dos! ¡A las dos las quiero! ¡Échale ganas a la escuela! —le lancé un beso en cuanto me subí.

—¡Para qué —alcancé a oír a Cinthia—, si cuando crezca me voy a buscar un novio con muchas trocas!

Al anochecer fue la fiesta con el colombiano y puros extranjeros. Después de tanto esfuerzo solamente para preparar "el viaje", a ratos me engañaba a mí misma y me decía que sí, que estaba yo en un país desconocido.

48

En el aeropuerto me senté en la sala de espera y estuve ahí varias horas perdiendo el tiempo, hasta que por fin miré cómo se alejaba mi vuelo. En cuanto despegó fui al baño, me cambié de ropa, me puse un sombrero y lentes oscuros y salí a buscar un taxi.

El japonés colombiano seguía en la ciudad, y me había enterado de que iba a ir a una fiesta de los del Centro de Idiomas. Después de ver cómo despegaba mi avión me fui a un hotel a esperar que llegara la noche. Me sentía liberada: estaba en mi ciudad pero nadie lo sabía. Era como volver a ser yo. Como recomenzar.

Por la noche llegué a la fiesta de los del Centro de Idiomas. Era en una casa de un geek políglota, muy cerca del Tec de Monterrey. Los invitados eran en su mayoría maestros extranjeros, por eso no me preocupó que alguien le fuera a contar a Dante que yo andaba por ahí.

Cuando llegué me integré inmediatamente a un grupito de chavos que estaban rolando una bacha. Aunque no había volado, sentía una añoranza bien canija, la necesidad de que alguien platicara conmigo en español, el deseo de la casa.

Al fin llegó el colombiano que no sabía una palabra de español. Era un colombiano que, a pesar de ser moreno, rasgos toscos, sonrisa preciosa y cabello largo, tenía modales refinados y estaba impregnado de una asquerosa seriedad. Yo había ido a esa fiesta específicamente a cogérmelo, pero sentía que nadaba en un mar de francés, inglés, japonés y alemán y me fui ahogando en tragos a todas las botellas que iban pasando frente a mí. La falsa sensación de estar lejos me iba provocando una felicidad indescriptible, seguida de una tristeza muy estrecha nada incómoda, una tristeza que me iba arropando mientras yo me arrellanaba en el sofá de la esquina de la sala y me negaba a hablar una sola palabra en inglés. Esa noche no me repegaría contra nadie al dormir. Debí tener una cara muy lamentable, porque varias personas intentaron platicar conmigo. La última fue una chica alemana:

—Are you fine? —dijo la alemana.

—Dime si aquel cabrón no está precioso —le señalé al colombiano.

—Do you speak english?

—Dime si está precioso o si es solamente que trae un reloj de mil dólares.

—Dollars? —se esforzó la extranjera en entenderme.

Pude decirle "Fuck you", pero yo no pronunciaría una sola palabra más en inglés, así que me precipité a bailar esa electrónica que más bien sonaba a tema de Mario Bros, pero que era lo único que no pronunciaba palabras vacías.

He bailado electrónica hasta seis horas ininterrumpidas, pero esta vez estuve haciendo pausas para seguir tomando, para hacer fila en el baño, para echarle un ojito al japonés colombiano. Beat. Beat. Beat. Beat. Hacía poco más de doce horas que había renunciado a la compañía de cualquier conocido, y comenzaba a sentirme traidora por el simple hecho de querer esconderme. Por eso me refugié en una esquina donde bailaba con tanta necesidad de hacerlo que nadie me interrumpía. Quería y no quería que llegara la mañana. Entonces reconocí el rasgueo de esa guitarra electroacústica. A Julio le salía idéntico, y yo le decía para molestarlo "Otra vez con el pinche reguetón".

Mi perro practicaba con las rimas del Cártel y yo lo demeritaba pidiéndole que hiciera las suyas propias.

¡Denme más, perros!

Y no era posible que aunque estuviera escondiéndome, Julio se hiciera presente.

—¿Dónde *están, perros? Quiero verlos saltando* —aullé de sorpresa. Era asombroso que la única rola que interrumpiera lo electrónico fuera un hip hop, y en español, y de la banda favorita de mi Julio. O tal vez no era cierto, y yo había fumado lo suficiente como para no darme cuenta.

Y al decir:

—*Denme más, perros. Quiero verlos gritando* —yo ya

me movía frente al colombiano, rimando, dándome cuenta de que me sabía toda la canción y de que el colombiano, tan seguro de sí mismo, tan inalcanzable, se sonrojaba.

No sabía que me saliera tan bien el hip hop.

—*Nunca juego, para mí esto es cosa seria, pero acabarlos es tan fácil como abrirles a tus hermanas las piernas* —seguía embarrándole mis movimientos al colombiano, mientras recordaba que por ese verso había tenido una muy seria discusión con Julio:

—Pinches letras misóginas.

—Tranquila, perrita.

—¡Perrita tu puta madre!

Hasta repetía emocionada los mismos versos que antes me habían parecido asquerosamente machistas porque cualquier cachito de español era un trocito de casa, de mi perro. (Yo estaba pero no estaba.)

Desde Monterrey.

Desde Monterrey.

Desde Monterrey.

Terminé la canción y me llevé al colombiano al primer cuarto que encontré. Me encantó, bajo esa camisa perfectamente planchada, encontrarlo bien bronceado y bien formado. No dejé que abriera la boca porque no quería oír una sola palabra de su puto japonés. Algo le pasó, que se olvidó de su formalidad y su respeto: igual y fueron mis senos, no dejaba de restregárselos, de morderlos, mientras yo seguía pensando que igual y ya había una salida para mi vida: el hip hop. Podría dedicarme a la música, regresaría con Julio y buscaría al Babo para enseñarle que sé rimar todas sus canciones y que puedo hacer las mías propias. Babo me apadrinaría y me invitaría a grabar en Casa Babilonia, su casa disquera. Julio se sentiría orgulloso de mí, y obvio, pondría la lana para mis grabaciones. Julio es la versión bella del Babo. Es alto, mamado y moreno, pero es más tipo Vin Diesel. Julio no tiene tatuajes. Julio no me llevaría a dormir esa noche, como lo hacía cuando yo quedaba completamente borracha. Yo tendría que pasar las siguientes dos semanas sola o quedaría como una farsante.

El colombiano japonés era más una personificación de estilo que de testosterona. Me di cuenta de que prefería mil veces a mi perro. Le pedí al colombiano que me llevara a su hotel que, para mi sorpresa, no era mejor que el mío. Ahí, ya con menos alcohol en la sangre, pude lamerlo empezando en la entrepierna y terminando en el cuello. Tenía una piel color capuchino tan suave, que me hacía sentir que estaba lamiendo a una mujer. Hacía tanto que solamente estaba con Julio, que fue como redescubrir el sexo. De cuclillas, sobre él, por primera vez en mucho tiempo me preocupé por mi propio placer, por metérmelo y frotármelo a mi gusto, por seguir la velocidad que dictara mi deseo.

49

Cuando desperté era temprano, siete u ocho. Envuelta en la sobrecama fui a buscar al colombiano que se afeitaba desnudo en el baño, me sonreía y en inglés me preguntaba cuándo salía mi vuelo. No le contesté, preferí tomar su crema de afeitar y embarrármela en el pubis, sentada en el mueble del lavabo, con las piernas abiertas, invitándolo a rasurarme.

Me hubiera gustado que tuviera una navaja, pero sólo tenía un rastrillo. Cuando terminó, me miraba con la misma soberbia que miraba minutos antes su rostro limpio. Estando ahí sentada, sin decirme nada, me penetró una vez más.

Hubieran sido veinticuatro horas perfectas de sexo si no fuera por la televisión local.

50

Tengo bien claras en la memoria las imágenes de las noticias, en las que se daba a conocer que el Babo había matado a un hombre y luego se había entregado a la policía. No recuerdo las voces, sólo las imágenes.

Ni siquiera me permití la duda. Me senté con la mirada perdida, sintiendo que se me morían el español, mi hermana, mi sobrina, Julio. Como si perdiera un boleto de regreso y como si realmente estuviera al otro lado del mundo.

Quise estar sola. El colombiano se ofreció a llevarme al aeropuerto (el creyó que yo volaría y que seguiríamos acostándonos pero ahora en su territorio). Simplemente le dije que tenía que ir por mis cosas a mi casa, y que mi prometido, obviamente, me llevaría al aeropuerto. Caminé algunas cuadras buscando un taxi, siempre con los lentes oscuros y el chal ese feo cubriéndome para que nadie me fuera a reconocer. Al cruzar Juárez, como una sentencia, oí a todo volumen las letras del Cártel.

Pelado más culero, ya vieron que carga fierro,
no sé pa' que le mueven si luego van a peinarse,
hay que ser tres equis ele pa' enfrentarse con el Cártel.

Me asusté, pensé que iban pasando los Cabrones en la camioneta, Julio en el peor de los casos. Volteé hacia todos lados, pero no vi a ninguno de ellos. Y las canciones me perseguían. Era que los adolescentes, en solidaridad con Babo, llenaban Monterrey con música del Cártel.

51

No debía estar pendejeando tanto. Decidí encerrarme las siguientes dos semanas en el hotel, sin salir, ahora sí. Conecté mi iPod. Me distraje pensando en el Babo y en que cómo era posible. Me sentía abrumada por las malas noticias que no alcanzaba a comprender. Babo había matado a un amigo suyo, y a estas horas ya estaba arrestado. ¿Ya se habría enterado Julio? Pero claro, Monterrey es un rancho, ya debería saber medio mundo. Sería la gran noticia de la patética televisión local, el único dato que tuvieran ya lo habrían repetido veinte veces. Recordé la vez que me puse a leer la caja del CD favorito de Julio.

—"MC Babo agradece a Arlen por ayudarme a salir tantas veces de la cárcel". Qué oso —me reí.

—Eh, cabrona, de qué te ríes —yo no sabía que Julio le tenía tanto respeto al Cártel de Santa.

—Pues este wey, cómo presume esas cosas.

—Pues de eso se trata, para que los demás sepan con quién chingados se están metiendo.

En ese entonces yo no sabía con quién me había metido. Para cuando lo supe ya estaba muy adentro. Imaginé mi propio encabezado: "Estudiante de la uni jefa del cártel local". Claro, yo no tenía nada que ver, pero si alguien quisiera inculparme obtendría todas las pruebas que quisiera.

—Siento que vivo en Fast and Furious.

—Con madre —había dicho mi hermana.

Eso había sido al principio, pero ella abrió los ojos inmediatamente. No le aclaré de dónde salía la lana para los carros último modelo, ni para las perras bonitas que acompañaban a todos lados a los Cabrones, no hubo necesidad. Aunque ellas no eran tan caras, porque todas eran de barrio, excepto yo. Yo era la única pendeja universitaria que no vio nada hasta que estaba metida hasta el cuello.

Pensé en mi propia dedicatoria: MC FerFlow agradece a Julio por los días y las noches, porque no me dejó dormir nunca en la cárcel. Por las noches. Sobre todo por las noches.

52

Ya en el aeropuerto hice lo que había visto en las películas. Me metí al baño y en el tanque de agua de un sanitario, en la tapa, dejé pegadas dos Splendas que llevaba en la bolsa y mucha, muchísima mota (y si digo mucha es que las botas número cinco me apretaban y eso que soy tres y medio).

Dejé todo muy asegurado y salí a que el Yeyo me dijera que ya iba entrando Julio, y yo que no, que se me iba el avión. Me fui corriendo, sacándome las monedas de las bolsas, haciendo todo el teatro de que quería alcanzar mi vuelo.

Pero ese avión ni ningún otro importaban. Sólo yo y estar conmigo. Soy un animal hostil. No soporto esas mamadas de andar todos en cardumen, de la familia feliz que sale de viaje en un auto sardina. De traer un perro noche y día olisqueándole a una el trasero, de tener quién me vigile y sepa dónde ando. Sonó el celular.

—Voy subiendo al avión. Debo apagar el teléfono —le colgué a Julio.

Ya después le inventaría que los teléfonos, que todo había sido un problema, que no había podido llamar y lo que se me ocurriera.

Me quedé ahí, pierna cruzada, mayas grises, minifalda color vino, botas de piel a la rodilla y accesorios Gucci. Tan yo. Tan conmigo. El avión despegando y yo con toda esa farsa solamente para estar conmigo. Y era raro, en ese momento por primera vez en mucho tiempo no tuve la necesidad de hablar con alguien, de saber cómo estaba Cinthia, de contarle al Dante que todo me había salido perfecto, de marcarle al Chino. En ese momento las mariposas en la panza eran por mí y para mí. Yo era conmigo y me amaba. Estaba en medio de una gran sala y nadie esperaba que actuara como alguien más. Podía ser una muchacha simple, una triste o una conversadora, una criticona o una ensimismada. Podía ser cantidad de cosas y no se me ocurría ser como nadie y sólo quería quedarme ahí las horas, pensarme, hablarme. Yo era libre al fin. Yo era yo. Una muchacha en medio de una sala de espera, falda guinda, botas altas, que procedía de quién sabe qué historia, cualquiera, la más común. Eso. Eso sería. Tendría papá, mamá, sería hija, una casita clase media, universidad pública, mucho esfuerzo, mucho empeño para lograr ser alguien, conocer al futuro marido, escogerlo bien, muy bien, no muy pobre pero sí muy honesto y muy trabajador, al recibir la casita Infonavit esperar el primer bebé, escuela pública y vuelta a empezar. Yo podía ser eso. Yo podía ser lo que cualquiera que pasara se imaginara de mí. Yo podría estar ahí, esperando mi vuelo, cualquier vuelo, a cualquier lugar, de ida o de regreso. Yo podría ser y si no era, nadie se daría cuenta. Rompecabezas tridimensional de piezas opcionales. Que de la noche a la mañana Julio olvidara que tenía mujer, mi hermana creyera que me había muerto de niña, que Cinthia nunca me hubiera conocido. Y entonces irme, tomar cualquier vuelo, a cualquier ciudad. Y ser Fernanda y descubrir cómo soy, porque ahí, sentada, sola, me di cuenta de que sin testigos no sabría cómo actuar, cómo ser. ¿Quién eres, Fernanda? Era una pregunta muy grande. ¿Qué quieres, Fernanda? No qué necesitas, no qué es lo urgente. ¿Qué quieres, Fernanda? ¿Vas a ser *A* igual a *A*? Sabía muy bien lo que quería, apreté los labios y los ojos en una rara sonrisa. Por eso fue que saliendo del aeropuerto me fui a buscar al colombiano.

Antes de eso tenía que recoger mis cosas. No la maleta llena de ropa vieja que se había ido en el avión y que yo fingiría perder de regreso, sino lo que estaba en el baño. Pero en la tapa del sanitario no había nada, ni siquiera los fragmentos de cinta, como si nunca hubiera dejado cosa alguna. Y ni cómo buscar exhaustivamente o recorrer todos los baños, porque me evidenciaría. Era mejor dejar todo así. Y es que no había manera de confundirme: el último sanitario del lado derecho. Ya me habían dado baje.

Pero eso tampoco importaba. Estaba yo y estaba conmigo.

53

Después de que dejé al colombiano me encerré con el firme propósito de tranquilizarme durante dos semanas, de pensar, de resolver, de decidir. Algo así como un voto de silencio para meditar y estar en paz conmigo misma. Pero no se podía. Me daba sueño y no podía pensar. Mi mente era un enjambre. No podía dormir. Aburrimiento total. Casi casi migraña. Y cuando acordaba habían pasado apenas dos horas. Quise escribir pero no se me ocurrió qué. Me puse a hacer una lista de los hombres que me gustaban, poniendo en primer lugar al Babo, luego al Chino, luego a Julio, aunque sentí que le hacía muy poca justicia. Después seguí con exnovios míos, novios de mis amigas, por ahí puse al colombiano, y a Julio lo seguí repitiendo varias veces. Después quise hacer una lista de mis amigos favoritos, pero tras Sofía y Dante, no supe a quién más poner.

Me cansé de estar acostada, de la tele tan repetitiva, de cero mota y ni una raya. Si nunca he sido viciosa es por el miedo que aún me causan esas cosas. Sólo recurrí a ellas en casos absolutamente necesarios, y ése era el momento. Tenía un ansia loca por llamarle a mi hermana. Pero para qué, me preguntaría cosas del viaje y yo no estaba de humor para inventar nada. Pinche Sofía. No decía una puta palabra que importara. Alguna vez mencioné que deberíamos contactar a la familia de mi papá, que igual y hasta nos había dejado un terrenito o algo.

—Ni le busques —me contestó definitiva—. Tratar con esa gente es tratar con el diablo y tú ya tienes el alma muy vendida.

Buscar al Gabo (así se le salió a mi hermana decirle una vez a mi papá) sería tarea imposible. Sofía no soltó prenda sobre si se había pelado al gabacho, si estaba en la cárcel, si seguía suelto por ahí, si por buena ventura alguien ya lo había matado.

A pesar del aburrimiento no había perdido la euforia de estar conmigo, sola. Al contrario, estaba en la mejor oportunidad de hacer lo que yo quisiera. Por eso le marqué al Chino.

54

Había comprado un celular de esos de trescientos pesos (casi casi desechable) para lo que se ofreciera, y se ofreció.

—Bueno.

—¿Estás solo? No me menciones —mi egocentrismo me hizo suponer que reconocería mi voz.

—No por el momento, ya les dije, señorita, que no quiero adquirir una tarjeta de crédito. No sé que hay que hacer para que dejen de marcar.

Me encantaba el Chino que siempre pensaba rápido. Yo no supe qué decir.

—Sí, buenas tardes. Hasta luego.

Me colgó.

Chingada madre, ¿sí sabría quién era? Y yo drogándome con café y Coca-Cola Light, viendo un documental de los nazis y quedándome dormida. A la hora sonó el celular de trescientos pesos.

—¿Qué pedo?

—Chino, ¿estás solo?

—Por eso te estoy marcando, ¿no? —pinche mamón hijo de su puta madre.

—Necesito verte.

—Sí, wey, ahorita me trepo a un avión y te busco. A menos que sigas aquí en el rancho.

—No. Sí. Bueno, estoy en el Quinta Real. Habitación trescientos treinta y cuatro.

—Ok. Paso a las once. ¿Necesitas que te lleve algo?

—Yerba.

—Ok, bye.

Tanta frialdad, tanta mamonería. ¿No que yo la mujer más bella y la madre? Había tiempo para bañarme y plancharme el pelo, eso sí, ponerme cualquier garra para que no notara el ansia (como quiera, ni traía tanta ropa, sólo la que cupo en mi bolsa de mano); mostrar, sí, tedio, que le había hablado por aburrimiento y punto. Un vestidito corto de algodón, que bien podría ser una bata, para que se notaran mis planes de dormir durante dos semanas. Me había aburrido, por eso le había hablado. Nada más. Por aburrimiento. Punto. Cinco cambios de ropa más, maquillaje y desmaquillaje. Al fin un look natural sin ser fodongo, y volver a la batita de algodón inicial.

Y al fin el Chino llegó, a la una de la mañana. Pinche mamón de mierda. Como si me estuviera haciendo un favor o como si le hubiera pedido una imprudencia. Como si yo fuera una niña mimada y estúpida. Insoportable. En esa actitud llegó. Mamón, fumando y entrecerrando los ojos, en actitud de "ahora qué quieres". Ni siquiera me preguntó qué hacía yo ahí, como si diera tan por hecho mis desplantes absurdos, que ya ni les buscaba lógica.

Llegó de lentes oscuros, camisa de marca, hasta zapatos traía, él que se la vivía en Convers, camisa planchada y con un look muy intelectualito. Hasta pantalón planchado. Nunca siquiera había pensado verlo así.

Tocó la puerta y entró sin saludar.

—Ahora sí pareces un ente pensante.

Me respondió con una mueca, y ya que me estaba poniendo de pechito contra su arrogancia, le dije:

—¿Pues de dónde vienes tan chulo?

Era para que me dijera que de ver a una morra, de visitar a la novia, de acostarse con quién sabe cuánta vieja. Pero no dijo eso.

—De la casa. Llegué tarde porque pasé a bañarme.

No lo podía creer. Yo en bata fodonga y él se había tomado la molestia de ponerse guapo para verme.

—Ah.

Hubo un silencio incómodo. Sólo se me ocurrió seguir alimentando su arrogancia.

—Entonces, ¿la lingüística sí deja?

Volteó a verme molesto, como si me estuviera burlando de él, y yo que quería decirle que estaba tan guapo, que lucía tan distinto, que parecía como si me sacara de un mundo y me metiera en otro: uno de gente que hace arte, que habla de exposiciones, que tiene glamour y viaja. Un mundo de gente que habla de política y visita Florencia y compra cuadros caros, entonces se va a París y recita toco tu boca, con un dedo toco el borde de tu boca. Se podía soñar cualquier cosa, pertenecer a cualquier mundo, esa habitación de hotel podía estar en cualquier ciudad de cualquier continente.

—Estás tan guapo… —quise empezar a decirle todo lo que pensaba.

—¿A qué vine, Fernanda? —insisto, ni siquiera preguntó qué hacía yo ahí.

—A verme, ¿no?

—Tú quieres que me maten.

Eso era lo único que me cagaba, que fuera tan pinche nena. Que tuviera tantos huevos para estar con los Cabrones pero que a mí me saliera con mariconadas.

—Perdón, pero yo no te exigí que vinieras.

—Ya sabes que no hace falta.

Él seguía parado en medio de la habitación, tan a punto de irse, y yo tan orgullosa que no me atrevía a pedirle que se quedara toda la noche y fingiera que éramos cultos y viajábamos y hablábamos de música, de distintos tipos de café, de arquitectura y literatura.

—¿Traes yerba?

Sacó del bolsillo del pantalón un bultito pequeño, poca cosa envuelta en periódico.

Me senté recargada en la cabecera de la cama. Me sentí tan ridícula por no haberme vestido bien, pero ni pedo, a fingir seguridad.

—Siéntate —le indiqué con un golpecito al colchón que se acomodara junto a mí.

Titubeó.

—Dime, Fernanda, ¿a qué vine?

—A estar conmigo, ¿no?

Ahí, sentada en la cama, con él, era como si la vida, mi vida, fuera otra. Me quitó de entre los labios el porrito que todavía ni encendía y comenzó a besarme. Sí, como si fuéramos gente fina, y viajáramos y nos amáramos. Me besó, y fueron muchos besos, muy largos, muy tiernos. Y después de los besos me abrazó como si me cubriera de la lluvia (pero la lluvia yo la llevaba por dentro), me abrazó como se abraza a una hija, a una niña (la niña mimada que seguramente sólo externaba caprichos), me abrazó como si descansara, como si ronroneara, y esa habitación ya no fue Monterrey: fue el mundo.

Entonces comencé a desnudarlo. Piel tan blanca. Él se dejaba hacer, se dejaba desnudar y me seguía besando. Yo estaba casi desnuda desde un inicio. Me restregué contra todo él porque ya era mío. Porque debía oler a mí. Para siempre.

Más que su propio sexo, a él le importaba yo, mi piel y mis labios. Me besaba como si hubiera descubierto oro, como si saliera de la peor de las pobrezas. Cubría mi piel como si yo fuera una visión, un milagro poder tocarme. Como si fuera la primera mujer, la única del mundo, y supe que él era mío. Mi propio Cabrón, mi propio perro, haría lo que yo quisiera, me lo decía su lengua que bajaba hasta mi clítoris y bebía de mi vagina el agua de este oasis (él seguía en Monterrey). Mi propio perro, que obedecería mis órdenes, que recibiría mis sobras.

—Tú me quieres —le dije retorciéndome de placer y sujetándome de sus cabellos.

—Sí —dijo soltándose apenas para seguir bebiéndome.

Yo era su dueña. Quise ordenarle que se quedara a dormir conmigo para saber qué se sentía dormir con él junto a mí, repegarme contra él si tenía alguna pesadilla, y que no hiciera falta que yo me levantara y gritara, y exigiera que fueran los Cabrones a ver si estaba bien mi hermana, y que Julio dijera que ya habían ido, que sonara el Nextel y el Yeyo dijera que todo se veía normal por afuera, que si quería que entraran a la casa, y yo le dijera que no, que sólo se quedaran cuidando afuera hasta el amanecer para asegurarse de que mi hermana y la niña dormían tranquilas. No quería eso. No quería hacer nada para nadie. No quería un hombre para mí y para otras y para mil negocios y para que tuviera deudas con todos y que a base de miedo me hiciera más que princesa, reina, señora, la patrona. No era lo que quería, o tal vez sí, porque al fin de cuentas era lo que tenía. Por eso quise obligarlo a pasar la noche conmigo, para saber si era él o era su reloj de diez mil euros, pero sólo me salió decirle:

—Necesito que mates a alguien.

Se arruinó el momento. El Chino se puso pálido, como si al invocar a la muerte ésta se hubiera parado frente a él.

—Wey, tú no, wey, yo… —empezó a tartamudear.

Era tan bello, tan alto. Un ángel no lo opacaría. Andrés.

—¿No?

—Wey, yo... —estaba totalmente pálido, blanco, mármol, románticamente becqueriano—. Yo no... a Julio. No, wey. Yo no puedo joderme a uno de los míos.

—¿Qué?

—Que yo no puedo tocar siquiera a tu marido, wey.

—Vete.

—¿Cómo que me vaya?

—A la chingada, wey, pero en este instante, ¿quién quiere que le hagas algo a Julio? Mi hombre es eso, wey, es mi hombre. Muy hombre para que te lo sepas, y ni tú ni nadie puede tocarlo, pendejo —sentía que subía el tono de mi voz y que no podía pararlo—. Habrías de ser muy macho, pinche nenita, para que puedas ponerte a su nivel. Que te quede bien claro. Yo estoy con Julio y no voy a cambiarlo por nadie, mucho menos por ti, ¡no me jodas! ¡Habría que tener muchos huevos, para que puedas pensar en algo conmigo...

—Pues yo entendí... —el Chino sudaba.

—No, pendejo, a mi hombre no lo toca nadie.

—Chingada madre, yo no quise decir... —el Chino daba vueltas alrededor de la cama, yo ya me había parado y lo seguía.

—Pues no, wey, que te quede claro que no. El favor yo lo quería para otra persona.

—Perdón, Fernanda, yo...

—¡Vete! ¡Lárgate!

—Fernanda, en serio, yo...

—¡Vete ya, pinche escoria!

Aunque no fueron pocas las imágenes, ésa es la que llega a mi mente siempre que recuerdo a Andrés, titubeando, con un paso lento, encaminándose a la puerta, saliendo de mi mundo para irse a Monterrey, decaído, sin decidirse a voltear. Sin hablar. Yéndose. De espaldas.

Siempre lo recuerdo yéndose.

55

¿Cómo se mata a un padre? ¿Cómo se mata cuando se le quiere? Sentía que era un asunto de lealtad, no hacia mi madre, sino hacia mi hermana y mi sobrina. La necesidad de darles una vida de libertad, sabiendo que nada malo les esperaría. O quizá mi propia necesidad: ya no tener pesadillas, ya no tener que buscar protección, ya no estar dependiendo de alguien que ladre, dispare y mate.

Debería pedírselo a Julio, que él me lo buscara. Tenía dos semanas para decidir si eso era lo que realmente quería, porque pidiéndoselo a Julio no habría vuelta a atrás.

Le marqué a mi tía Marina. Era la primera vez que me atrevía a preguntarle sin miedo a que me delatara con Sofía. A mi tía ya se le iban tanto las cabras, que tranquilamente ella podría contarle a Sofía que acababa de hablar conmigo, es más, hasta podría contarle que estaba en un hotel en Monterrey, y Sofía sólo pensaría que mi pobre tía Marinita cada día estaba más senil.

—Oiga, tía, le quiero preguntar algo.

—¿Qué pasó, mija?

—Después de lo de mi mamá —nunca usábamos la palabra "matar" ni "asesinato"—, ¿qué fue de mi papá?

Hubo un suspiro y un silencio, como si amasara una respuesta.

—Ay, mija. No sé qué decirte, realmente no sé. Yo no sé qué fue d'él y no quiero saber.

—¿Cree que siga vivo?

—Ni lo mande Dios, mi reina. Ni lo mande Dios. ¿Y para qué quieres saber?

A la tía Marina se le rompía la voz. Yo no sabía bien para qué preguntaba.

—Para entregarlo a la justicia, tía.

Yo tenía que ser la ley. Yo tenía que ser la justicia. Y es que mi verdad era que yo todavía lo quería, tanto que me sentía traidora. Es que yo fui mala desde niña: cuando Sofía y yo nos quedamos solas, siempre extrañé a mi padre. Lo quería tanto que aún recordaba los buenos momentos con cariño. Por eso tenía que matarlo, para dejar de traicionar a mi familia, convertirme real y definitivamente en otra persona y poder seguir con mi vida.

—Tía, ¿entonces no estuvo en la cárcel?

—Ya no se supo d'él, mija.

Para eso me sirvió pensar. Para entender cuál era mi verdadera necesidad de matar a papá. Respecto a lo demás no pensé. Todo estaba en stand by hasta que se solucionara el asunto paterno: Julio, la propuesta de matrimonio, la mudanza, la idea de Sofía de que huyéramos al gabacho.

Colgué y me puse a navegar en Internet para enterarme de cuántos tipos de Gabos Salas hay en el mundo. Tantos y ninguno era el mío. Entré a todas las redes sociales: Twitter, Facebook, MySpace. Di con el MySpace del Babo, sin actualizar, obviamente, me hice adicta a refrescar la página cada media hora más o menos: siempre aparecían nuevos mensajes de apoyo de parte de los fans. Leí también todas las notas que encontré en periódicos y revistas digitales. Para mí todo estaba del otro lado del mundo, el Babo más que nada.

A pesar del aburrimiento, no me pasó por la cabeza fingir que adelantaba el vuelo para poder regresar a mi casa. De hecho, no quería que el tiempo se me acabara sin que yo diera con una respuesta. Me la pasé encerrada, comprando por Internet ropa que llegaría a mi casa de La Purísima, invitando exnovios y exfrees a mi habitación de hotel, jugando a muchas cosas, a cambiarles el nombre, a decirles "Andrés".

56

El día de mi regreso no fue tan complicado. Le había dicho a Julio que me esperara donde se toman los taxis, y ahí estaba, obediente. Con él estaban el Yeyo y el Chino. Julio se adelantó a encontrarme y antes de que saludara ya me estaba diciendo:

—Me di cuenta de que no te había valorado, que no te había tratado como te mereces.

—¿Y cómo te diste cuenta?

—Anyway…

—Chingada madre, siempre pocheando.

—¿Y qué chingados?

—Es que estoy hasta la madre de que pochees —yo estaba confundida. Algo malo había sucedido y no entendía qué era.

—Pero, estoy hablando contigo, estamos bien, ¡estoy pidiéndote perdón y te emputas!

Todo derivó en una grandísima discusión sin sentido

que terminó en que azoté la puerta de su Ferrari, grité que qué asco que olía a pura pinche mota, me bajé inmediatamente y dije que me quería ir en el BMW. Julio se bajó también. Cuando me iba a subir al BMW, que se baja el Chino y que le da las llaves a Julio.

—Pero qué pinche reinita me saliste —me dijo Julio y se fue conmigo.

Puta madre.

Al terminar las dos semanas, hubiera esperado que me recibiera con indiferencia, que la casa estuviera volteada, que apestara a orines, que hubiera un mega desmadre en los clósets… lo que encontré en el aeropuerto de Monterrey fue a un hombre mamado con un ramo de rosas en la mano, y esa imagen me desagradó. Ése no era mi hombre. Era una ridícula caricatura de un prietote alto y machín que pretendía ser tierno.

Arriba, sola en el cuarto, le marqué al Chino para pedirle una disculpa por lo de la vez anterior.

—¿Chino?

—No, gracias, no tengo tiempo para encuestas —me colgó y no me regresó la llamada.

También le marqué a Dante, que se puso muy feliz por mi regreso pero me pidió que no le contara absolutamente nada porque lo iba a volver a intentar, e iba a obtener ese curso en Japón. Nunca se enteró de que en realidad me quedé en rancholeón esas dos semanas completitas.

57

No hay nadie, busco a Julio y no está. Y a veces lo miro,
pero tan no está, que me pregunto de dónde salió. Leo, me
levanto, bajo a la cocina a prepararme un sándwich, me aso-
mo afuera y lo descubro en la cochera afinando el bajo. No
le digo nada. Me pregunto qué hace ahí, qué dicha que haya
llegado, qué gran dicha, verlo de espaldas, de perfil, con-
centrado en lo suyo. Ajeno.

Todas mis historias están habitadas por Julio. Y ahora
él es sólo una cosa para mirarse. Tal vez sólo quede eso. Y no
lo interrumpo porque en cuanto sepa que estoy ahí, voltea-
rá a verme con los ojos de la ausencia. Ojos tristes. Ojos
que ya no amenazan ni alteran mi paz.

Si le cuento mirándolo a los ojos no estará ahí para escucharme. Hay algo vacío en él. Si me mira, me deja hueca
a mí también.

58

—Sobres, fierro —dijo el Flaco y colgó.

—Fierro —le dijo el Gran al Yeyo picándole las costillas. El Yeyo se había quedado dormido viendo "Dolls" de Takeshi Kitano, película que elegí intencionalmente a ver si se aburrían y se largaban. Yo había pasado la mañana dando vueltas por la casa como león enjaulado. Quería simplemente que me dejaran sola mientras esperaba a Julio.

Particularmente ese día no estaba de humor. Me sentía asfixiada. Dependiente. Tenía que hablar con Julio, pedirle lo que iba a pedirle, y encarar lo que viniera. Así, y sólo así, sería libre de una manera ahora sí definitiva. Inaplazable. Inmutable.

Para agregarle a mi mal humor, me llamó Sofía, diciendo que quería platicar conmigo. Más o menos imaginé lo que quería decirme: que nos fuéramos al gabacho, que una vida decente, que empezar de nuevo por la niña, que la honestidad y el dinero ganado con esfuerzo y todas esas cosas que, si a ella no le habían servido, no tenían por qué servirme a mí.

Por eso, porque estaba encabronada y harta, cuando salió el Flaco con que fierro, fierro, grité:

—¿Cómo que fierro? ¿Ahora a quién se van a joder!

—No, Fer —se rio el Chino—, lo que el Flaco dice es que nos apuremos.

—Ah.

Ellos se entendían. Con su escaso vocabulario, no sabía cómo, pero ellos se entendían. Hombres de semántica. "Pedo" podía significar no sólo un aire, sino también premura, pleito, borrachera o problema. Incluso podía significar algo que no es lo que parece, como decir "puro pedo", para indicar que no había nada de qué preocuparse. Irse de pedo podía ser irse rápido o irse a emborrachar. Ellos sabían comunicarse sin complicaciones.

Yo, tan propia, educada a la súper retro por mi tía Marina para casarme virgen y tener hijitos, había tenido que aprender a hablar como los Cabrones para hacerme respetar. Yo, tan chiquita y tan menuda, tenía que alardear y gritar para no convertirme en la mascota de todos.

—Si nomás vamos a patrullar, oiga —seguía riéndose el Yeyo.

—Voy con ustedes —me apunté para que no me encontrara Sofía en la casa.

—Pos déjeme le pregunto al Julio —dijo el Flaco rascándose la cabeza—, nomás vamos a patrullar, pero apenas que él nos diga.

Le marcó a los celulares y al Nextel, pero en ninguno entraba la llamada.

—Pues ahora voy y que se joda, por qué no contesta.

Julio me había permitido ir con ellos dos o tres veces, por eso se me hizo fácil.

—¿Te vas en el BMW? —me preguntó el Chino, por no preguntarme si quería irme con él.

No le contesté. Me subí en la camioneta del Yeyo.

59

Eso de "patrullar" para mí carecía totalmente de sentido.

—Hay que imponer respeto, nomás eso —me había explicado Julio la vez que le dije que para qué gastar gasolina a lo tonto, dando vueltas por colonias feas.

—Yo quiero —le contesté en esa ocasión.

—Pues que te lleve el Yeyo, pero no creas que va a ser de diario.

Fue cuando descubrí que esa sensación de "patrullar" puede ser adictiva. Antes de eso, para mí un auto era una cuestión de transporte y punto. Tal vez, en ciertas ocasiones, una cuestión de presunción. Pero eso de que un auto tuviera que ver con situaciones de poder era algo que yo no había contemplado antes, hasta que me tocó patrullar con los Cabrones: pura camioneta 4X4 nueva, y un auto BMW. Había que dejar claro en los barrios quiénes eran los dueños de sus vicios.

60

Me volví a quedar sin vieja, al chile que no valgo madre,
pues pa' luego es tarde, como dice la banda,
vamos a la calle a levantarnos unas nalgas...

Era la canción perfecta para andar alardeando en Hummer.

—¿Y tú crees que sí va a salir el Babo de la cárcel?

—No, sí sale, si hay un chorro de gente apoyándolo.

El asunto no era nada sencillo: nada más y nada menos
que asesinato, pero, como todos los fans, el Yeyo tenía fe
en la pronta salida de su MC favorito.

—A mí me gusta. Mucho.

—Pues es que rima puras netas —agregó el Yeyo, pensando que yo me refería sólo al aspecto musical.

—¿Y ésta la compraste de agencia?

—Sí, ésta sí.

—¿Las otras no?

—No, fíjese, ésta fue la primera que compré, nuevecita.

Es que cuando supe que iba a ser papá y que iba a ser niña, me entró como una cosa bien rara, como que pos no iba a traer a mija en una cosa que no fuera mía.

—No sabía que tenías una hija.

—Ya tiene un año.

—¿Y por qué no la conozco?

—Nembe, oiga —se rio el Yeyo—, pues es que no las voy a traer en estas cosas, ni a mija ni a su mamá. Ellas están bien aparte de todo esto.

—Ah. ¿Y está bien bonita?

Se carcajeó Yeyo:

—¿Pos qué le puedo decir yo, oiga? Si lo bueno es que se parece a su mamá —siguió riéndose.

Quién lo dijera, Yeyo, con su medio cerebro, tenía una ética propia y la aplicaba para cuidar a los suyos. Y yo ahí, exponiéndome en la Indepe, nada más porque se siente chido creer que uno es más poderoso que otro.

—No lo quites.

—¿Le gustó el disco?

—Sí.

—No sabía que le gustaba el Cártel. Usté es más como de otro estilo.

Me gustaban las rolas del Cártel porque la voz del Babo se parecía a la de Julio.

—Tenemos que andar patrullando porque —me explicaba Yeyo— luego se quieren meter otros. Entonces tenemos que dejar bien claro quienes son los más chingones.

—Ah.

—Y yo creo que por eso Julio no quiere que ande tanto con nosotros por estos rumbos, para que no la miren. Nunca falta y no vaya a ser la de malas. Ese wey sí la quiere, oiga —dijo Yeyo como una revelación.

—Oye, ¿y hoy sí viene Julio? —quise cambiar el tema.

—No, pos sepa.

61

Albañiles que subían la colonia a pie porque el camión no llegaba hasta arriba. Un BMW en una colonia paupérrima. Me sentí ridícula. Hacia arriba se veían casas sobre casas, allá donde ya no era posible subir en vehículo al cerro y que, incluso caminando, uno tenía que hacerlo con manos y pies. Aquí en el suelo, las casas ya eran por demás miserables. ¿Cómo podía la gente vivir en esas condiciones? Casitas de un solo cuarto, calles sin pavimentar (ni siquiera eran calles). Patios con niños chorreados, lavaderos sobre ladrillos, ropa tendida a la vista de todos, ropa desteñida y hasta rota, harapos, una playera Bershka rosa, un saco Zara gris tendido al revés para que no se destiñera, blusitas de marca italiana, una playera que decía "Yesca" adentro de un corazón, un vestido negro Louis Vuitton, una playera que decía "Presto Love"… y me fue invadiendo una rabia, un mar de explicaciones, una necesidad de matar…

—Párate, Yeyo.

—¿Dónde?

—¡Aquí mismo! ¡Que te pares!

Me bajé corriendo a azotar la puerta pero cedió en cuanto la toqué. Sólo había una mujer en el cuartucho, sentada en la cama, viendo una televisión de trece pulgadas.

—¡A ver, puta, me explicas ahora mismo qué hace mi ropa tendida en tu patio! —le grité no para saber la razón, sino para que supiera por qué me le iba encima.

Pensé que no metía las manos ni se defendía por el susto. Yo lo recuerdo todo en slow motion: le di tres veces con el puño en la cara y me pareció poco, me pareció que no sentía, que no le importaba. Entonces me di cuenta de que lo que hacía con las manos era cubrirse el vientre y pensé "Esta pendeja está embarazada".

—¡Defiéndete, pendeja! —le grité y sentí mi voz desgarrada.

No sé cómo la jalé, pero al tenerla en el piso apenas alcancé a patearla una vez en el estómago cuando sentí que el cuerpo no me respondía, pero no era nada, era sólo que mi fuerza era estorbada por cinco Cabrones que me separaban de la vieja esa.

—Tranquila, tranquila —me decían, mientras la vieja comenzaba a vomitar y el Flaco corría a levantarla.

—¡Quién es esta puta? ¡No la defiendan, suéltenme! ¡Suéltenme, pendejos, suéltenme!

Nadie me explicó nada, pero para mí no había más que la tipa se acostaba con mi hombre y en mi propia casa.

Me sacaron.

—¡No me toquen!

—Por favor, cálmese, aquí está bien conflictivo, cálmese — me dijo el Flaco.

Quise quitarle las llaves de la camioneta al Yeyo.

—Yo la llevo, a donde quiera, pero yo la llevo.

Dos Cabrones no salían de la casa, los vecinos empezaban a asomarse.

—¡Ojalá la haya matado!

—Cálmese, oiga, de veras, nos van a echar montón, y no queremos empezar a echar tiros sin necesidad.

—¡No es el dinero, puta, pinche ladrona! ¡Una arrastrada como tú nunca va a ser como yo! —seguía gritando.

Me subí a la camioneta azotando la puerta, inmediatamente se subió también el Yeyo. En el momento en que arrancaba, el Chino abrió la puerta de mi lado y me empujó hacia enmedio. Su rostro se mostraba impasible, llevaba el codo recargado en la ventanilla, la mano hacia arriba mostrando una pistola, la mirada retadora a cualquiera que nos viera pasar.

—Agáchate —me ordenó, doblándome la espalda hacia el frente.

Entendí por qué estaba con los Cabrones.

—Nos va a torcer a todos. Chingada madre, nos va a torcer a todos —sudaba el Yeyo, hablaba solo, se mordía los labios, le temblaban las manos.

Pues que me mate, pensé. Que me mate con una sola mano. Si tanto le importa una puta arrabalera, que me mate.

Que vuelva a ser él. Que se le trabe la quijada en mis costillas, que me mate.

Iba a empezar a llorar y eso fue lo que más rabia me dio.
Ante Julio yo quería arrodillarme, pero ante los demás no.
No me dejaría humillar por nadie más. Uno tenía qué de-
mostrar de quién era el poder.

62

Más que resignada, iba hacia Julio ansiosa. Lo que fuera a pasar, que pasara ya, y si tuviera la oportunidad de regresar el tiempo volvería a pegarle a la puta para sentir de nuevo esas miradas encendidas de los Cabrones. Lo peor sería que Julio me matara. No. Lo peor sería que ni se diera por enterado.

Cuando íbamos para la casa sonó el celular del Chino.

—Dime —silencio—… Bien. No te puedes levantar —supe que se dirigía hacia mí porque me presionó con más fuerza la espalda.

No se dijeron nada mis dos guaruras, pero el Yeyo cambió de dirección.

—¿A dónde vamos?

—Vamos para Villa de Santiago —me mintió el Chino para que me tranquilizara.

—Me va a matar.

—Nos.

—No te vayas a levantar, Fernanda, por favor —me encajaba el índice en el hombro.

Yeyo parecía un alma a la que persigue el diablo: yo nada más oía los cláxons, se pasaba altos, cambiaba de un carril a otro, sudaba, le valían madres los semáforos en rojo. ¿Puede haber mayor fidelidad que la de un hombre que acude presuroso hacia su verdugo?

—Pa' qué nos decía que la lleváramos, oiga.

—Pues déjame ahí y te vas. Yo voy a decir que ustedes no querían, que yo los obligué a que me llevaran.

—Y eso qué, ya se hizo el pedo. Además, fue porque la llevamos. Ya nos chingamos todos.

—¿Quién era esa vieja?

—No sé, yo no sé nada.

—¿Quién era, Chino?

No me contestó. El Yeyo no dejaba de irse a lo wey de un carril a otro, no bajaba la velocidad. Yo pensaba Julio. Yo pensaba muérdeme. Yo pensaba mátame porque yo no puedo matar ni matarme. Yo pensaba tú me dijiste que esa casa era mía. Que adentro no iba a haber viejas más que yo, por eso hasta me habías cumplido el capricho de vivir en La Purísima cuando tenías más casas. Yo pensaba hijo de tu puta madre me dijiste que de la puerta para afuera la ciudad era tuya pero que de la puerta para adentro la señora era yo pensaba soy tuya la casa las paredes toda mi piel es tuya. Nunca me dejaste ser tu casa.

63

El Chino me dejó levantarme como medio minuto, nada
más porque ya sentía dormida la espalda. Me recosté en él,
no podía asomarme pero reconocí el lugar apenas.

—Ya nos pasamos de Villa de Santiago.

—Ya, Fernanda, vuelve a agacharte.

En media hora llegamos a Linares, lo pasamos, casi llegamos a Galeana y ahí nos metimos en un camino junto a
la carretera. Llegamos a una casa en lo más alto del cerro,
de difícil acceso pero con vista a todas direcciones.

Cuando llegamos, Julio estaba fumando en el portón.

—Métela —le dijo al Yeyo, a mí ni me dirigió ni la mirada.

—¿Le hizo algo? —preguntó Yeyo.

—Nah —se rio Julio—. Pinche flaca, nomás le metió un
susto.

—Sobres.

—Quién los vio.

—¿Llegar? Nadie.

—Te vas a quedar aquí hasta que sepamos qué onda —al fin se dirigió a mí.

—Pero mañana tengo que ir a inscribirme a la Facu para el otro semestre.

—Si pa' pendeja no se estudia —se rio Julio—. Ya vienen para acá con tus papeles. Si hay pedo, al rato te me vas pal gabacho.

—Pero yo no quiero…

—¡Que te largues a la chingada! Enciérrate y aquí me voy a quedar hasta que vengan estos putos.

Me metí a la casa. Estuve atenta por la ventana. Llegaron unos weyes, Julio les dio instrucciones y luego arrancó, igual que el Yeyo, como alma que lleva el diablo. Pensé que en este caso el lugar común se aplicaba a la perfección. Julio: alma que lleva el diablo.

Todos entraron con el aire festivo y juguetón con el que se metían a mi casa para adueñarse de mi PlayStation, pero en cuanto me vieron se pusieron muy serios, distantes. Ahora me miraban como nunca, hasta decían "con permiso" para entrar a las habitaciones desde donde iban a vigilar. Estaban regados en todas las ventanas y dos se habían quedado en el portón. Yo quería verlo todo desde el ventanal de la sala.

—Con todo respeto, señorita, pero por favor no esté junto a las ventanas. No vaya a ser la de malas —me dijo un wey que yo no conocía.

Más de diez weyes para cuidarme, no lo podía creer.

—¿Quién se fue con Julio?

—Con él, con él, nadie, pero atrasito d'él iban el Flaco, el Guaymas y el Black.

Flaco, Guaymas, Black, Gran, Yeyo… de estos weyes no sabía ni los nombres, no sabía nada, conocía de vista a algunas de sus mujeres pero no les duraban, no sabía sus direcciones, no comprendía a qué se dedicaban exactamente. Era un mundo nuevo al que no había sido invitada pero al que ya pertenecía.

—¿Y por qué iba solo?

—Para que no crean que la va a hacer de pedo.

—¿Y esa vieja de la Indepe qué?

—Esa morra es hermana de la vieja de un patrón de Apodaca, hay que ver si no la quieren a usted a cambio.

Los Cabrones, por primera vez, me daban explicaciones.

—Tenía mi ropa.

—Ahí sí, quién sabe.

No sabía nada de este mundo. Mundo extraño donde lo único que tenía nombre era Julio.

64

Y Andrés.

De espaldas, brazos cruzados, mirando hacia afuera, en una quietud absoluta. Podía haber pasado así toda la noche. Yo me había metido a dormir a la recámara principal. No me preocupé, mi perro guardián resolvería las cosas. Hasta caí en un sueño tan profundo que dormí varias horas. Cuando desperté, alguien había abierto la puerta y yo no sabía muy bien dónde estaba. Reconocí al Chino, parado en el umbral.

—Andrés —le hablé por su nombre porque sentí la necesidad de que en ese mundo irreal hubiera algo de qué asirme.

—¿Cómo está? —preguntó al voltear. Traía una AK-47.

—¿Qué pasó?

—Nada, pura precaución. Parece que no hubo pedo. Como quiera, Julio se fue a Matamoros, para despistar.

Salí de la recámara.

—¿Dónde están todos?

—En el portón hay varios, arriba está el Gran y ya varios se fueron, para no irnos en montón y notarnos menos.

En la mesa de centro de la sala había varios cigarritos, muy bien liados. Tomé uno y Andrés se acercó a ofrecerme fuego.

—Mónica te mandó unos weyes. Ya vienen para acá. Parece que le caes bien.

—¿Mónica?

—La patrona de Sinaloa.

—No la conozco.

—¿No? —el chino puso su cara maliciosa— Yo juraba que eran íntimas.

—¡Ah, ya! —recordé de pronto— ¿Entonces tú también te enteraste?

—Por mis propios ojos.

—No creo, si hubieras estado ahí te recordaría.

—Ay, wey, ¿de cuando a acá volteas a ver a los gatos? Si no mirabas a nadie, más que a Julio. Y luego a Mónica, claro. Y yo te miraba, ya te había visto antes, muchas veces, pero pues tú a mí no.

Me cagaban sus juegos, sus insinuaciones no-insinuaciones, sus frases que querían decir mucho y terminaban en joterías.

—Yo te gusto —le dije para terminar pronto.

—¿Me estás preguntando o me estás diciendo?

—Te estoy diciendo.

—Ah.

—Ok. Te estoy preguntando.

Andrés siguió fumando, mirando al techo. Supuse que no agregaría más. Entrecerró los ojos, se puso serio, se cruzó de brazos.

—¿A quién no le gustas, wey?

—Yo tenía que decirte algo pero me colgaste.

—No podía hablar contigo en ese momento. De hecho, no creo que ahorita...

—Te tenía que pedir una disculpa por lo del otro día, reaccioné muy mal, realmente no quise decir...

—No hay pedo, Fer. Ya no hay que hablar de eso.

—Entonces, ¿me perdonas?

—Sí, wey, ya sabes que sí.

—Lo que te quería decir la otra vez es que busco a un wey que se llama Gabriel Salas.

—¿Para qué?

—Era mi papá, mató a mi mamá en una borrachera o algo así. Ellos tenían sus pedos.

—Bueno, wey, eran sus pedos. Tú tienes los tuyos. Ya déjalo así. Tú estás más allá de eso.

No supe qué contestarle.

—Tú tienes todo lo que quieres tener.

—A ti no.

—¿Segura? —cada vez bajábamos más la voz.

Me incliné para besarlo, pero se paró inmediatamente.

—No quieras que me jodan, Fernanda. Yo deseo todo lo bueno del mundo para ti, tú mínimo no quieras que me jodan.

Me levanté por demás humillada, sintiendo la cara ruborizada. Nadie tenía derecho a rechazarme.

—Pinche nena.

Di un paso para irme, cuando él también se levantó. Volteé a verlo hacia arriba, enojada. Me sacaba casi medio metro.

—En serio yo no sé —me sujetó del brazo para que terminara de escucharlo— si eres tan tonta que no sabes en lo que estás metida, o si, al contrario, lo sabes bien y tienes la sangre demasiado fría para vivir con eso sin ningún problema. Estás rodeada de gente mierda, Fernanda, para prueba acabas de golpear a una vieja, ¿y sabes qué dijo su hermana, la que anda con el patrón? Nada más se rio. Dijo que eso se gana por huila. En serio no sé si no te conflictúa porque no te das cuenta, o porque tú eres igual que ellos.

Agité mi brazo para soltarme y me encaminé al cuarto a buscar mi celular.

—De cualquier forma no hay redención, Fernanda —gritó el Chino—. Por eso yo no puedo desearte más que todo el bien del mundo.

65

Le marqué a Dante, y antes de que pudiera decirle nada, ya me estaba reclamando que habíamos quedado en vernos.

—Es que estoy en un rancho que parece como Galeana, pero no sé.

En eso entró el Gran al cuarto.

—Fernanda, no puede usar el celular.

—Ok —me le quedé mirando para que se largara y seguir platicando, pero no se iba. Al otro lado de la línea Dante preguntaba histérico qué estaba pasando y por qué no sabía dónde estaba.

—Julio nos dejó instrucciones de que le quitáramos el celular.

—Ok, ya. Te llamo al rato, Dantis, no pasa nada. No te preocupes —colgué.

Pedí comida y me trajeron una lata de atún. Cuando quise tomar otra vez el celular para hablarle a Julio y quejarme, ya no estaba. Supuse que el Gran lo había agarrado.

Iba a reclamar, pero sola con tanto sicario, en medio del bosque, sin celular, sin auto, sin manera de huir, la mejor idea era hacer lo que me dijeran.

66

De noche me regresaron a la casa. Julio no había vuelto, supuse que seguía en Matamoros. En cuanto amaneció, me salí a buscar a Sofía porque me había dicho que iba a tener el día libre. No le dije nada de lo que había pasado, sólo la invité a que nos fuéramos con la niña y con la Danta a McAllen, pero no quiso.

—Oye, necesito hablar contigo, pero no por teléfono —me dijo antes de colgar, pero como me había mandado al carajo con mi plan de ir a McAllen, le dije que no podía pasar, que tenía mucha prisa, que otro día.

Me fui a buscar a Dante. Se fueron tras de mí el Chino en una camioneta y el Flaco en otra.

Para las diez, Dante y yo ya estábamos cruzando la frontera.

—Y entonces la pinche Sofía me dijo que no, que muchas gracias pero que ella no tenía ninguna necesidad de andarse gastando en McAllen dinero que no era suyo. Que sus trapitos y los de la niña se los compraba a meses sin intereses en Suburbia, la naca.

—Pues déjala, si ya sabes que no le gusta que le estés pagando las cosas.

—¡Ah! Y todavía me dijo "Si ya sabes que yo, de ti, acepto todo, pero cuando es de ti, cuando me invitas con dinero de tu marido, ahí sí sabes que no".

—Qué chido se siente tener guaruras.

—Pinche malagradecida. Ay, sí, muy digna, muy digna, pero con los zapatos todos chuecos.

Dante ni me pelaba, como siempre que yo me ponía a criticar a Sofía. Iba hablando solo, muy feliz.

— "Hola Dante —Dantina fingía un diálogo—, ¿cómo estás?, ¿qué hiciste el fin de semana?". "Me metí a un concurso de belleza pero me ganó una vieja de Chihuahua porque tenía chichis, yo creo que se le fue todo el cerebro a las chichis porque no tenía cerebro, ¿y tú, Fernanda?". "Ah, yo estuve secuestrada". "Ah, qué chido". "Sí, qué chido" —se burlaba de mí.

—Pinche Dante mamón.

A pesar de todo yo lo quería, como quería a mi hermana la majadera, como quería a mi sobrina. Eran mi familia. Y si algún día hiciera algo contra Julio, ¿qué pasaría con mi hermana, mi sobrina, mi Dante? ¿Y si Julio no resolviera lo de mi papá, cómo podríamos seguir viviendo? No quise ni pensar en eso. Era urgente que hablara con Julio, pero ahora no sólo tenía que esperar a que volviera, sino a agarrarlo de buen humor.

67

Se busca a Gabriel Salas por asesino. Complexión media, alto, moreno, boca grande, nariz achatada. Sus ojos son tan negros, que de mirarlos uno siente que se está asomando al abismo. Señas particulares: tiene tatuado un ojo en la espalda y una gran cicatriz le atraviesa la ceja izquierda.

Fue visto por última vez en un jacal de la colonia Moderna, cuya dirección no se recuerda, donde mató a la señora Gloria Navarro, con quien sostenía una relación tormentosa desde hacía varios años y con quien tuvo dos hijas. Se cree que se trató de un crimen pasional, ya que el asesino aseguraba que su mujer tenía diversos amantes, aunque en realidad era él quien sostenía relación con varias de las vecinas. No era la primera vez qué él atentaba contra su esposa, pues ya en diversas ocasiones le había propinado tremendas golpizas hasta dejarla inconsciente.

Yo recompensaría con mi cuerpo. Proporcionaría hasta mi alma con tal de verlo muerto.

De preferencia muerto. Absoluta discreción.

68

Al regresar de McAllen ya estaba Julio en la casa, de buen humor, como si el desmadrito por el cual me habían llevado casi secuestrada nunca hubiera sucedido:

—Quihubo, mija. Ahí te llegó un regalo. Está en el comedor.

Entré corriendo para ver, extendido sobre la mesa, el vestido de novia más bello, el más vaporoso, el más caro que había visto nunca en la vida. Me tapé la boca para no gritar, no cabía en mí de asombro.

Regresé con Julio lo más emputada que pude:

—¿Qué es esto?

—¿No te gustó? —me preguntó Julio confundido.

—¿Qué no tengo derecho ni a elegir mi propio vestido? ¿Qué crees que soy de tu propiedad, o qué?

—Lárguense —dijo Julio y los Cabrones se salieron de la casa inmediatamente—. ¿Qué pedo, mami, por qué te pones así?

—¡Vengo del puto McAllen y me regalas un vestido! ¿Qué no puedo ni escoger mi propio vestido?

—Pero si es un regalo…

—¡Yo te voy a decir qué quiero que me regales y qué no! ¡Y si esto sigue así, tampoco quiero casarme!

Metí el vestido en su caja y lo eché en la camioneta. Arranqué de volón y salí, de nuevo, para Escobedo. No me mortifiqué tratando de despistar a los Cabrones, porque como quiera, fácilmente adivinarían que iba para la casa de Dante. Cuando llegué, Dantín andaba en casa de su vecina, pero me vio y se salió para encontrarme.

—¡Te quiero enseñar una cosa!

—Ya vi a todos tus matones ahí enfrente.

—Ya sé, wey, me cagan; métete, ayúdame con esta pinche caja.

Era hermoso, inmaculado. Tan blanco que daba pena tocarlo. Lo extendimos en la cama.

—Está tan glamoroso que dan ganas de llorar —dijo Dante.

Yo le conté, muy divertida, que le había hecho un pancho a Julio y que había salido corriendo con mi vestido.

—Cu-cú. Pinche loca, de jodido pruébatelo.

—Me da cosa, ¿y si se ensucia? No lo toques, Dante.

—Te compran otro, jodona. Ándale, quítate los zapatos.

Es que parecía hecho de vapor o de nube y sentía que si me lo probaba se iba a desvanecer.

—Párate en la cama para que no se arrastre.

Era un vestido tan bonito que no podía resistirme a probármelo.

—¿Y si no me queda?

—Si no te quitas el pantalón, obvio que no te va a quedar.

Me vestí y Dante me tomó muchas fotos y hasta me peinó y me maquilló.

Dante parecía más emocionado que yo con el vestido.

—Ya, wey, voy a sudar y lo voy a manchar. Mejor póntelo tú.

—¿Yo? No, ¿cómo crees?

—Pero si te pelas, ándale.

Y resultó que Dante, en vestido de novia, parecía una princesa no de esas de cuento, sino de la verdadera realeza, y tenía una presencia y un porte, una elegancia natural, unas pestañas tan largas, una nariz tan fina, unos brazos tan blancos.

—Pinche Dante, tienes más cintura que yo. Ya quítatelo.

De rato, ya entrada la noche, me regresé a mi casa para ver si todavía alcanzaba a Julio.

69

Pero tú ya no me muerdes.

Cuando te vi quise albergarme en tus colmillos, que me apretara tu mandíbula, hacerme pequeña, tan pequeña. Mínima en tus mandíbulas, muñeca arruinada que escucha el crujir de sus propios huesos.

Cuando te vi quise ofrecerme a tus dientes. Yo estaba en la mitad de la vida, sin poder avanzar ni retroceder, y si tú me quebrabas todos los huesos no tendría otra opción que enroscarme a tus pies, esperando sólo que no me arrojaras de ahí. Quise que no hubiera manera de irme. Así tan tuya quise ser.

Y ahora no me muerdes. Estás ahí, poniéndome tus ojos lastimeros. Esperando mis palabras. Tú no me muerdes. Tú me miras. Tú no me hablas. Tú dejas que me vaya. Y yo necesito estar sola, pero me miras con esos ojos, me haces un hueco y me dejas más que sola. Peor que sola y así no se puede. Yo no puedo cargar contigo. No me arrojes encima la tristeza de un hombre tan grande.

70

Y entonces le dije.

—Quién es —me preguntó Julio con la tranquilidad con la que me preguntaría la hora—. Cómo se llama. El Flaco es experto en hallar gente. Le dices cómo se llama o lo que sepas y se lo ofrenda a la Santa en cuarenta y ocho horas. ¿Cómo se llama ese wey que dices?

Su frialdad me hizo dudar.

—Pues es que, no estoy segura. Es que es mi papá.

—¡Mírala, qué viva! —dijo Julio entre sorprendido y divertido, yo me sentía ridícula por haberle abierto mi corazón.

—Pues que el Flaco lo busque, pero que no le haga nada y ya que lo halle que me avise, a ver si me animo.

—No, cabrona, las cosas se hacen bien o no se hacen. Le entras o si no pa' qué. No es juego, Fernanda. Se tienen huevos o se tienen ovarios. Qué, ¿ya culeaste, cabrona?

71

Fui a la Facultad a ver si podía inscribirme extemporánea-
mente. Me dieron otras fechas y mil formatos que debía
llenar por haber reprobado quién sabe cuántas materias. De
regreso a mi casa pasé por Cinthia, iba a cuidarla toda la
tarde porque la wey se había peleado con otra niña del to-
cho y la habían sacado del equipo, y como tendría varias
tardes libres, no quería que se la pasara sola.

Me estacioné frente a la casa de Sofía. Todos los días pasaba por ahí, pero desde que me había mudado rara vez entraba. Era una casa muy hermosa: blanca, dos pisos, enreda-
deras en la barda alta, ventanas con vitrales de tonos azules
y verdes. Era un espacio lleno de luz donde habíamos pasado nuestra turbia infancia. Yo no podía dormir en esa casa
sin tener pesadillas. Por eso cuando Julio compró una caso-
ta a tres cuadras de distancia de mi hermana, me mudé inmediatamente con él. Entonces mis pesadillas empezaron a ser
otras. No hay redención, Fernanda, recordaba las palabras

del Chino. No había redención de las pesadillas, mi hermana y yo lo teníamos muy claro, por eso nos limitábamos a depositar en Cinthia nuestra poca fe en la vida.

No hay redención, la muerte nos persigue, es inútil esperar que no lo haga; sólo podemos rogarle que al final no juegue mucho con nosotros, que sea certera y nos haga caer a sus pies de un solo golpe.

Se me hizo raro que me marcara el Flaco al celular. Un solo golpe, dulce compañía.

—Oiga, ya le encontré su encargo —me dijo y no supe qué contestarle.

Un solo golpe para Julio.

—No, pero espérate, ¿cómo?

Un solo golpe para Sofía.

—Todo tranquilo. No se lo compro hasta que me diga. Yo se lo llevo hasta su casa, si quiere, tiene que decirme.

Un solo golpe para Cinthia.

—Espérame, no hagas nada. Ahí viene la niña, te marco. Bye.

Dulce compañía, a mí déjame cabalgar contigo y ayudarte a repartir el destino.

Quise distraerme haciendo con rapidez un programa de actividades para entretener a mi sobrina: le mostraría lo que le había comprado en McAllen (porque aunque Sofía se pusiera roñas, la niña necesitaba ropa y no me iba a negar el gusto de comprársela), haría que se probara todo para mandar con la costurera lo que necesitara ajustes; luego la llevaría a comer y a comprar zapatos al centro (como los pies le crecían sin control alguno, ya ni sabía de qué número calzaba); después iríamos al cine a ver alguna película para niños; luego iríamos a la librería y, si sobraba tiempo, la pondría a jugar PlayStation.

Cinthia, amodorrada y refunfuñando, se metió a la camioneta sin saludar siquiera.

—Mi amor, qué modales.

—Tengo sueño.

—Es mediodía, corazón, ya no es hora de tener sueño.

—Tú te duermes el día entero cuando quieres. No trabajas, no vas a clases, no haces nada de provecho.

—Cállate, suenas a tu madre.

—Pues así me dice ella, pero al menos yo sí voy a la escuela, no como tú, tía.

Sofía, que iba saliendo para el trabajo, desde la banqueta me dijo que muchas gracias por cuidar a la niña, y que si a la noche que regresara podía hablar conmigo.

—Culera, si todavía no te perdono que no quisiste ir conmigo a McAllen —le contesté.

—Fer, si ya sabes que no me gusta que la niña… bueno, a la noche hablamos. No te me hagas del rogar, cabrona.

Arranqué.

¿Qué chingados tenía que decirme Sofía, si lo más importante sólo lo sabía yo? Y Sofía no podría vivir con eso que yo sabía, eso que me acababa de decir el Flaco.

72

Preferí dejar que Cinthia volviera a dormirse, a hacer el oso esa tarde jugando a ser madre.

Tenía que llamarle al Flaco, pero no sabía qué le diría. No sabía si dejar que pasaran las horas y que ellas decidieran. Al fin me atreví a marcarle y me dijo que lo tenía ubicado, nada más, y que no haría nada sin mis instrucciones.

—Oiga, se parece un chingo a su hermana. Cagaditos los dos, iguales, y también a la niña. Pero es otro nivel, oiga, está muy jodido, vende chicles en un crucero.

Me puse a vaciar mi ropero para hacerle espacio a lo que me había comprado en McAllen. Necesitaba hacer algo tedioso para poder pensar. No había por dónde comenzar a pensar. Era igual que al principio, de nada habían servido las dos semanas de destierro. Empecé a separar ropa que quería conservar y ropa que iba a regalar. Sostenía una playera blanca que tenía una gran cereza al frente. Me encantaba pero ya se veía muy deslucida.

—¿Ésa me la regalas, tía?

Seguramente Cinthia había abierto los ojos un rato antes y observaba mi indecisión.

—Está muy viejita, mi amor.

—Es que la traías puesta el día que estrenaste el Atos.

Cinthia se entusiasmaba más con mis playeras viejas, que con lo que le había comprado en McAllen.

Preferí ponerme a hurgar en la ropa vieja de Julio. Había un montón de cosas que si se las tiraba ni siquiera se iba a dar cuenta. Camisas, pantalones, camisetas…

—Mira tía, una carta.

—Es mía, nena —se la arrebaté y en cuanto pude me escabullí al baño para leerla.

73

Que la pinche puta cerda lo extrañaba. Que ojalá las cosas volvieran a ser como antes. Que tenían la promesa de una vida juntos. Que el deseo estaba latente. Fechado: tres días antes, cuando yo estaba de rea en quién sabe qué pinche rancho en Galeana.

Claro, no lo dijo tan bonito, sino plagando una hoja de libreta con lugares comunes, letra de niña de secundaria, corazoncitos y todas esas mamadas.

No era la primera vez que me enteraba (o me enteraban) de esas cosas, pero esta vez sí tenía el valor de mandar todo a la verga.

Julio llegó cuando estaba amaneciendo.

74

—A esa vieja nos la vamos a torcer —hablé en plural para sentirme menos sola.

—Haz lo que quieras.

Ésa no era una respuesta. No de Julio. Antes era lo que él quisiera. Y punto.

—Y nos va a suplicar que la dejemos en paz. Y no va a saber ni de dónde le viene el golpe.

Julio trataba de argüir que ella no me había hecho nada, entonces yo le contestaba que por qué la defendía, y cuando me decía que hiciera lo que quisiera, yo le contestaba que cómo era posible que no creyera mis amenazas. Julio se quedó callado. Era como si él no pudiera hacer nada para detenerme. Se disculpaba, decía que no había estado en sus manos, que él solamente recibió la carta, que ahí no decía que él la hubiera buscado ni mucho menos que la había visto siquiera. Que yo le dijera qué debía hacer.

(Insisto: él no era Julio).

Primero quise matarla, exprimirle los ojos, patearle el vientre, escupirle a la cara, arrastrarla de los cabellos, arrancarle a tiras la piel. Aunque matarla sería hacerle mucho favor. Después pensé que hacerle todo eso sería dedicarle más fuerza y tiempo de lo que merecía.

Estropearle la cara: ya no podría ser exhibida.

Quemarle las puertas y las ventanas: que todos vieran que había sido saqueada.

Puertas, ventanas y cara. Sólo por alardear. Que se dijera que tuve celos, que encajo los dientes por lo mío, que me ciego y no veo razones, que no entiendo, que nada me importa más que yo. Por vociferar. Porque digan que soy más valiente y más fuerte de lo que realmente soy. Por que se sepa que soy total y absolutamente irracional. Que no necesito que me den mi lugar porque yo puedo tomármelo. Le jodería la vida nada más por ser el perro que ladra más fuerte.

—Voy a verle la cara a esa puta —dije ya no en tono de amenaza, sino de súplica.

Quise exasperarlo pero no pude, rogarle que me amenazara de una buena vez, que me gritara y me dejara claro que no iba a permitir que le tocara un solo pelo a la pinche vieja. O que me ordenara que fuera a matarla en ese momento. Pero Julio se quedó ahí, inutilizado, cruzado de brazos.

—Dime dónde es.

—Que te lleve Yeyo.

Agarró el Nextel y sólo dijo un par de palabras:

—Ven, puto.

Colgó. A mí me brillaron los ojos. Al menos con los demás seguía siendo el mismo.

Yeyo no se tardó ni dos minutos. Julio salió a encontrarlo, y yo tras él.

—¿Qué pedo, wey?

—Que necesito que lleves a mi vieja a la casa de Keila.

—¿Cuál Keila, wey? —a Yeyo le dio una risa nerviosa.

—Que la lleves, Cabrón.

75

Durante todo el camino el Yeyo no dijo nada al respecto, lucía nervioso. No se atrevía a preguntar qué estaba pasando.

—Está como... como bien bochornoso, ¿verdad?

—Ei.

Rumbo al sur de la ciudad recordé la primera vez que me había subido a esa camioneta. El Yeyo estaba estrenando su Hummer. Era su orgullo. Había pasado dos horas afuera de una fiesta, parado junto a su troca, haciendo aspavientos, vociferando que se iba a ir a levantar nalgas en su camioneta nueva. Adentro, Julio tomaba y hacía una que otra tranza. Yo me aburría de lo lindo y me tomaba una paloma tras otra. Fastidiada sobre manera de esas fiestas donde los Cabrones se juntaban a alardear y a planear negocios, mientras sus mujeres nos juntábamos a viborearnos unas a otras.

Trajeron a unas putas para que bailaran. No sé de dónde las sacaron, estábamos en un restaurante que ese día habían cerrado al público en Allende, cerca de la carretera. No me extrañaría que hubieran ido por ellas hasta Monterrey. Éramos más o menos diez hombres, cinco mujeres y diez putas. Las mujeres, obvio, nos encabronamos en cuanto vimos llegar a la bola de nacas mal vestidas, pero no dijimos nada y seguimos cruzaditas de pierna. En lugar de sonrisas nos salían unas apretadas muecas que fueron haciéndose más retorcidas a medida que las putas se iban encuerando.

—Nomás vienen a bailar, ¿cuál es el pedo? —dijo cualquier Cabrón, y que se dirigiera a nosotras podría verse como una cortesía, ya que a esas fiestas las mujeres sólo íbamos para ser lucidas, como una camioneta de súper lujo, un reloj con diamantes o unas botas de piel de cocodrilo.

—Nomás vienen a bailar, morritas —dijo otro en tono buena onda.

El Yeyo seguía afuera, solo, pasándole una jerga a su Hummer. De vez en cuando la curiosidad hacía que entrara un rato a la fiesta, le diera un trago a la cerveza y se saliera, como si tuviera que cuidar el vehículo.

Yo, sobra decir, estaba hasta la puta madre de los gritos de los Cabrones, de las muecas de las mujeres, del maquillaje y accesorios baratos de las putas.

—A ver, mami, un privado… pero con público, mamá —ésa fue una risotada de Julio, y más tardé yo en asombrarme, que la puta en sentársele encima.

La vieja se le empezó a embarrar, a bailarle sobre las piernas, a embarrarle el culo en la cara, y no se tardó ni dos minutos en abrirle el pantalón y sacarle la verga.

Ni siquiera me atreví a ver las caras de las otras mujeres. Me sentí tan avergonzada que ni siquiera creí tener derecho de azotar la puerta al salir. Nada más el Yeyo me habló:

—¿Qué pasó, esa? ¿A dónde vas? No te vayas, al rato va a llegar el Valentín.

Ni a él podía mirarlo a la cara y me pasé de largo.

—No, morrita, espérate, te llevo.

Pero me fui. Sentí que caminé horas y horas en la carretera con los tráilers pasándome al lado, aunque no debió haber sido mucho tiempo porque no llegué a ningún sitio. Los tacones me mataban, pero me lastimaría más caminar sobre la grava. La vergüenza poco a poco iba cediendo para darle lugar a mi rabia, y pensaba que debía haberle robado las llaves de la camioneta al Yeyo para estamparla en la fiesta y que se murieran las putas por putas, los Cabrones por huilos y las mujeres porque, seguramente después de salir yo, se habían quedado hablando de mí. Pero que el Yeyo se quedara afuera con su franelita en la mano y su cara ingenua, porque el Yeyo nunca me había hecho nada malo.

En eso estaba, ya bien instalada en la rabia, cuando un dragón me rugió en el oído. No había oído llegar la camioneta, ni el desmadre que se traían Julio y los Cabrones, ni las protestas del Yeyo diciendo que no fueran a tirar cerveza en los asientos, y que cómo chingados le iba a hacer para quitar todo el lodo que llevaban en las patas.

—A ver, wey, quién chingados te dio permiso de irte.

Gruñí, no dije nada, no había nada qué alegarle a Julio.

—Trepen a mi vieja.

Pero si a Julio no podía gritarle, a los Cabrones sí. Metiendo la cabeza por la ventanilla del lado del conductor, vociferé:

—¡Pinches jotos!, el que me ponga un dedo encima cualquier día amanece sin huevos.

Julio lanzó su carcajada, igual que hacía rato, igual y como le había dado órdenes a la puta, y ahora me ordenaba a mí:

—A ver, cabrona, te me trepas a la camioneta porque no quieres que me baje por ti.

Pues no, no quería que se bajara por mí, hacerle un drama en público podría costarme un hueso, tres huesos, la vida.

Yeyo no recuperó las llaves de la camioneta y se tuvo que quitar del asiento del copiloto.

—Pinches jotos —se carcajeaba Julio—, cómo sí puedo mandarlos a chingar homies y con mi vieja no pueden.

Julio bromeaba con los Cabrones, alardeaba. A mí no me volteó a ver en todo el camino. Ni para bien ni para mal. Su indiferencia (sí, lo sé, es una pendejada) me hizo sentir arrepentida. Me dejaron frente a la puerta de la casa y sólo entonces se dirigió a mí:

—Quiero ver que te metes a la casa y que no vuelves a salir hasta mañana.

—¿No te quedas?

—¡Que te metas, chingada madre!

Tal vez el Yeyo, al llevarme a casa de la pendeja, también iba acordándose de ese día.

—¿Y cómo ha estado, oiga?

—Bien, Yeyo, gracias.

No recordaba cuándo había comenzado a hablarme de "usted". Tal vez él también sentía el cambio de Julio. Pero era un cambio de él, exclusivamente de él. Yo seguía siendo la misma Fernanda, la que, para respirar, necesitaba volver a tener un pie presionándole el cuello.

—Este, oiga… ¿y va a querer que la espere ahí mero afuera o la espero nomás cerquitas?

—No, Yeyo, sólo vamos a pasar para que me digas cuál es la casa.

—Ah, bueno, nomás súbale el vidrio, pa' que no la vayan a ver porque ya conocen la camioneta. Digo, o sea, no porque venga Julio, o sea, nosotros sí, es que nosotros ya conocemos a la morra y a veces pasamos, nomás a saludarla, ¿verdá?, porque pos nosotros nunca tuvimos pedos con ella. Es así como con usted, o sea, digo, no es como usted, pero es que a usted la respetamos un chingo porque pos es la mujer de Julio, ¿verdá?, y pos…

Ya no sabía el Yeyo ni cómo componerla.

Era una casa clase media jodida, en Guadalupe. Eso me hizo sentir algo reconfortada. Imaginé a la guadalupense como a cualquiera de las putas de la fiesta en Villa de Santiago: pésimo gusto, maquillaje barato, accesorios enormes y tintineantes… pero eso sí: buena como ella sola, como esas putas, como una top model pero carnosa. Me dolió la cabeza: quería verla, no el cuerpo para no envidiarla, quería verle sólo la pinche jeta que iba a romperle.

—No vayas tan despacito porque nos van a ver.

—No se apure, todos los días pasamos.

—Chingada madre, ¿cómo que todos los días pasan?

—Es que por aquí vive un bato que… —empezó a inventar una historia que ya no escuché.

Yo pensaba en puertas, ventanas y caras. En las pretenciosas macetitas del Sears en una casa pobre con intenciones elegantes. En la cara maquillada exageradamente y los rasgos toscos aún más marcados.

—A la noche pasas por mí, Yeyo.

—¿A dónde quiere que la lleve?

—No, ¿sabes qué? No, nada. Olvídalo —Yeyo debía más su fidelidad a Julio que a mí, no podía confiar en él.

Yo sólo seguía pensando "A esa vieja nos la vamos a torcer. A esa vieja la vamos a chingar". No sabía quiénes formábamos el "nosotros". Quería seguir pensando en plural para no sentirme tan traicionada.

76

A diferencia de Julio, yo nunca tuve necesidad de sangre. Lo digo en sentido físico y metafórico. En un sentido literal, la sangre siempre me ha causado náuseas. No puedo pasar por la sección de carnes del supermercado sin vomitar. No es exageración ni mucho menos necesidad de llamar la atención: veo carne cruda roja, pesada, chorreante, y lanzo por la boca cualquier cosa que haya comido anteriormente. No puedo ver, ni siquiera imaginar, la sangre. Sólo Sofía me entiende. Es precisamente mi hermana quien, después de ducharse tras el trabajo, ropita limpia y de orearse caminando un buen rato, llega a casa con topers llenos de carne ya preparada: asada, molida, cortadillo, chuletas... la carne no puede faltar en casa. Si no como carne, me quedo con tanta hambre como si no hubiera comido nada.

Quiero que la carne en mi plato esté bien cocida. Bisteces gruesos con la marca del asador impresa. Que la carne en mi plato sea una porción triple. No pido entradas ni ensaladas. Un plato abundante de carne con comino, pimienta, sal de ajo o simplemente limón. Quiero comerla tres veces al día, destrozarla con mis dientes, llegar al hueso. Res y pollo asados, y el que dijo que donde comienza la carne asada se termina la cultura que se meta su frasecita por el culo y nos deje mascar en paz.

(Julio, carnita asada casi quemada).

Pero antes de que esté cocida no quiero ni mirarla. No puedo ver una gota de sangre propia o ajena, humana o animal.

Mi gusto por la carne asada es tan intenso como mi repulsión por la sangre.

Por eso estoy explicando por qué no voy a tocar a la puta barata. Por eso estoy explicando que me causa náuseas esa pinche pendeja, que de mí no merece ni el vómito. No voy a cortar su piel en tiras, como merece. Yo sólo prenderé el fuego. Él dejará lista su carne para mis dientes.

77

—Chino —le marqué al celular—, necesito tu ayuda para un acto vandálico. Pero acá, sordeado.

—Con madre. Voy para allá.

—No. Te veo en Soriana La Pastora.

—Sobres.

Eran las dos de la mañana y estaba sola, así que podía salirme. Cuando lo encontré, quise besarlo y luego besarlo, besarlo mucho rato, pero no me arriesgaría a que volviera a rechazarme. Tomé una actitud mamona.

El Chino dejó su camioneta en el estacionamiento y se subió conmigo. Le fui contando el plan en el camino y, a medida que lo hacía, se le iba formando una sonrisa (me dieron ganas de mejor llevármelo a un hotel pero había cosas más urgentes). Tenía dos tanques de gas en la camioneta. Ya había visto que dos ventanas de abajo no tenían protección. Abriríamos los tanques y al instante romperíamos las ventanas. Después arrojaríamos un trapo empapado en gasolina, y fuego. Un instantáneo acto simétrico y hermoso por lo transgresor.

—Eso suena muy bonito, Fernanda, pero ya en la práctica son mamadas.

Entonces me explicó lo de la gasolina y las bombas molotov. Definitivamente su idea era mejor que la mía.

—¿Y qué te hizo esa vieja, o por qué el pedo?

—Me quería robar una cosa, la muy estúpida.

—¿Cosa?

—Equis, lo que fuera. Lo mío es mío, aunque ya no lo quiera.

—Sobres.

Agarré Pablo Livas, di vuelta en Santa Rosa de Lima y empecé a subir rumbo a Eloy Cavazos.

—Espero que no vayas a donde estoy pensando —dijo el Chino con la sonrisa desaparecida.

—¿A dónde estás pensando?

No me contestó.

Pasamos enfrente de la casa. No me paré, era nada más para que él viera dónde era.

—Chingada madre, de veras que tú quieres que me castren.

—Entonces no me vas a ayudar.

—No tiene caso, wey, la morra no tiene punto de comparación contigo, ni tiene nada que ver con tu marido, ni nada. No tiene caso que te metas en este pedo por alguien que no representa ningún peligro para ti.

—Pregunté si me ibas a ayudar.

—No.

—Ok. Bájate a la chingada.

De regreso, cuando iba manejando a mi casa me sentía pura y simplemente la dueña absoluta de todo: lo que yo quisiera, estirando la mano lo obtendría. Por eso le marqué al Flaco y me fui a dormir sin la preocupación de haber dejado pendientes.

78

Me levanté temprano, piqué fruta, puse el café y pensé que en cualquier momento Sofía iba a empezar a chingajoder otra vez con que quería hablar conmigo; so, empecé a imaginar pretextos, porque si la tenía enfrente y me salía con que abriera los ojos, le iba a tener que contestar que yo no era mi mamá, que yo no tenía por qué abrir los ojos, que abriera los ojos ella y se diera cuenta de cómo eran las reglas del juego que debía obedecer si era cierto que tenía tanta preocupación por la seguridad de su hija. Me senté a desayunar en la sala frente al televisor. Se me hizo raro que no hubiera nadie en casa, desde lo de la patrulla siempre alguien se quedaba, al menos uno de los Cabrones. Veía las noticias locales no porque fueran buenas, sino porque siempre rellenaban las notas con ridiculeces como que un oficial de tránsito había visto una bruja en Guadalupe, o que un niño se había pegado la mano con pegamento industrial a la cabecera de su cama para no ir a la escuela. Sí, a veces ponían noticias divertidas. Lo que vi me causó una euforia tan grande, que tuve que marcarle a Dante en ese instante, para pedirle que prendiera la tele en el canal local.

Las imágenes mostraban una casa quemada; una mujer desquiciada; escenas de bomberos; los vecinos atestiguando que no habían visto nada, que los afectados eran "muy buenas gentes, nunca se metían con nadien".

—Pobre mujer, de un momento al otro se le jodió la vida —dijo Dante.

El inútil reportero decía que no se sabían aún las causas del incendio, que todo apuntaba a una fuga de gas, pero que protección civil aún no había determinado nada. Como resultado, había tres adultos heridos y un niño muerto. Dos años de edad. Al parecer, en cuanto el abuelo se había dado cuenta del incendio, había corrido al cuarto del niño pero aún cuando no había fuego en esa área, el niño ya se había ahogado con los gases tóxicos. Era la suposición de los médicos, ya que cuando llegaron los rescatistas, el niño no presentaba lesión alguna pero ya había fallecido. La madre estaba desquiciada y los camarógrafos hacían su agosto con las imágenes.

—Pobre mujer. Qué pena me da. Pobre. Bueno, ya vi la nota roja de la semana. Qué penosa situación, ¿y luego?

—A que no adivinas quién es esa vieja.

—Obvio no sé.

—Wey, es la vieja de la cartita a Julio.

Dante no me contestaba nada.

—La que le dejó la cartita, la que me encontré, la que te platiqué ayer, ¡pinche Dante, no me pones atención cuando te hablo!

—No mames.

Le platiqué a Dante que había averiguado la dirección y todo para que la pinche vieja aprendiera a respetar la propiedad ajena.

—A ver, como que no estoy entendiendo. Según yo, creo que no me resulta claro.

—¿No me entiendes o no me quieres entender?

—No te entiendo, Fernanda.

—Mírala, pinche vieja fea ojerosa. No le hice nada, sólo le dejé claro que no puede ser como yo, pinche estúpida.

—Fernanda. Te estoy diciendo que no entiendo.

—Que yo fui, estúpido.

—No, Fernanda. ¿Por qué?

—¿Cómo que por qué? Nadie se mete con el hombre de una. Entiende.

—No, Fernanda, entiende tú: nadie se mete con el hijo de nadie.

—Mira el tinte Miss Clairol y todas las raíces, pinche naca…

—Fernanda, óyeme, ni siquiera me estás oyendo.

—Claro que te oigo, pero mira, qué fea es, qué asco.

—Ya, Fer, ya mejor ni me digas nada. No quiero saber. No quiero que me vuelvas a enterar de estas cosas, yo no podría nunca decir nada contra ti, pero tampoco puedo ser tu cómplice.

—Pero ella simplemente se lo buscó.

—Puedes echarle la culpa a quien quieras. Todo el mundo te debe algo. Siempre, Fernanda, siempre alguien te va a deber algo. Pero eso no te puede joder, lo que te jode es lo que te haces tú sola. El único veneno que puede dañarte es el que traes dentro.

—Estuvo con madre, wey, llegué yo sola, me siento bien orgullosa. El Chino iba conmigo pero joteó y me dejó sola, como quiera ya traía en la troca…

—Ya, Fer. Ya. No quiero saber nada. Please, no me marques porque no voy a tener corazón para ignorarte.

—O sea que…

—O sea que, perdóname, esto va mucho más allá de mí y no quiero saber. No puedo, wey.

—Ok.

—Ok. Adiós.

Colgamos.

Pinche joto.

79

Dante había dicho que yo tenía la maldad dentro. Me pregunté si sería algún asunto genético. Ahora que tuviera enfrente a mi papá podría saber si era cierto. ¿Y si, al tenerlo delante de mí, titubeaba? ¿Y si me daba cuenta de que no era pecado que uno tuviera cariño hacia su padre, que no era más que un cariño de niña frente a su héroe? Con más fuerza que nunca, quise verlo. Me sentía absolutamente sola y ni Dante ni Sofía querrían que yo contara con ellos. ¿Y si mi papá era la única persona en este mundo que podía entenderme?

En eso pensaba cuando sonó mi celular, era un número desconocido.

—Señorita —reconocí la voz del Yeyo—, Julio va pa' llá. Pélese.

—¿Por qué?

—Por el niño, era su hijo. La va a matar —colgó.

Me paré por instinto. Lo primero que pensé fue agarrar la bolsa, tenis y salir corriendo. Pero Cinthia sería mi karma: ojo por ojo, menor por menor, injusticia por injusticia. No. Tal vez había estado equivocada todo ese tiempo y el precio que había que pagar no era la vida de mi padre, sino la mía.

Salí así, descalza, en boxer y playera a enfrentar mi culpa. Me quedé parada en la banqueta a pesar del calor del pavimento. No tardé mucho en ver cumplida la llamada del Yeyo.

Venía un solo vehículo, el Ferrari, y en el Ferrari venía el diablo.

Dulce compañía, un solo golpe para Cinthia. Un solo golpe para Sofía.

A mí dame lo que merezco. No dejes que me toque más. Déjame cabalgar a tu lado, y ayudarte a repartir el destino.

Julio derrapó las llantas frente a la casa y pasó junto a mí mentando madres, sin voltear a verme. Yo lo seguí mientras entraba y caminaba sin rumbo por la sala.

Yo me había ofrecido a sus dientes. De rato al fin me habló:

—Eres un cáncer, pinche Fernanda. Vas matando lo poco que me queda con vida.

Ahora tenía a un hombre en la palma de la mano.

—Te mando avisar con el Yeyo que te largues y te quedas aquí, haciéndote la valiente, pero solamente eres una grandísima pendeja. Te crees muy bonita, te crees muy chingona, con muchos huevos, ¿verdad, reina? Ahí'stá tu papá en una cajuela nomás pa' que se dé un quemón, nomás pa' que se zurre, mientras la reina piensa qué quiere que le hagan. Ya te sientes patrona, ¿verdad? Jodes lo tuyo, pero también jodes lo mío. ¿Tienes los huevos suficientes, pinche Fernanda, cómo para meterte con alguien como yo? ¿Crees que no me puedo cobrar? ¿Que no puedo mandar ahorita mismo que me traigan a la niña y se la cojan todos, aquí, frente a tus ojos?

Julio sacó la Glock y me apuntó, como si yo fuera un ser peligroso.

—Aquí se muere un Salas, Fernanda: o la niña o tú. O traigo a tu papá, que se lo jodan de una vez. ¿Lo quieres rápido o lento? Si lo que quieres es verlo todo, ¿verdad, machita? Eso no sería un castigo para ti, sino un premio. Si no te importa nada, no quieres a nadie, no te quieres a ti. No te quieres ni a ti, Fernanda.

Yo estaba parada a un lado de la tele, de espaldas a la puerta y pensé que tal vez podría correr. También pensé que era mi última oportunidad de tocarlo, de oler su piel. Julio me apuntaba con una Glock. Julio, antes, si hubiera querido matarme lo hubiera hecho con sus propias manos, pero ahora no quería ni tocarme.

—¡Ahora qué hago contigo, cabrona! Si te dejo con vida pierdo el respeto de mis hombres. Si te mato es peor que matarme a mí mismo. Cómo te castigo, cabrona, ¿mando a que te encajuelen a ti también? O mejor que te cojan todos. Que vengan los Cabrones, que se sacien. ¿Tanta carne y tan buena para echársela a los gusanos? Mejor que se sacien primero los perros. Así como los ves con asco, como si valieran menos que tú, así como dices que apestan, van a llegar a meterte la verga. Van a partirte en dos, cabrona, van a enseñarte cómo terminan las que se creen muy reinitas.

Yo sólo quería acercarme a él. Quería morir con su imagen grabada en mis pupilas.

—¿Tú crees que yo te haría eso? ¿Tú crees que yo soy como tú?

Di un paso hacia él y él nada que disparaba.

—Ya me los cogí. A todos. Hasta a la Coyota me cogía. Era el que más me gustaba —al fin hablé.

Julio no decía nada, seguía apuntándome y sus ojos me decían que cada segundo era el último.

—A todos me los tiré, tú que les confiabas tanto, que creías que me cuidaban. Nada más te ibas y me tiraba al que fuera, al que me dejaras, todos me gustan.

Julio seguía apuntándome y yo no tenía el valor de dar otro paso.

—¡Tráemelos! ¡Tráemelos para que veas cómo me los cojo!

—Qué hago. ¡Dime qué hago, pendeja! —me gritó con una desesperación absoluta.

Julio comenzó a golpear la pared con el puño izquierdo, con tanta fuerza que le salía sangre.

—Era un niño, ¡pendeja! Y con la puta de su madre yo nunca volví a estar. Pero el niño era mi hijo.

El niño, como yo, también era de la propiedad de Julio, y por eso había una deuda que pagar. Y mi hombre, que ahora era mío, así ya no me servía para nada.

No lloré, acaso temblé un poco. Quería caminar, llegar hasta él. Tocarlo por última vez, y así se lo dije:

—Nada más déjame besarte por última vez. Sólo eso —di un par de pasos y él no dejaba de apuntarme.

Cuando estaba a punto de tocarlo, le mostré mis manos vacías y le repetí, para que ya me ultimara, que ya me había metido con todos y cada uno de sus Cabrones.

—¿Hace cuánto que se te desangró el alma, perra? —me dijo y al instante dejó de apuntarme para apuntarse a la frente.

Corrí esos dos pasos que me faltaban.

—¡Julio!

Al momento de tocarlo, la bala retumbó en mis oídos, pero ella no me tocó a mí.

Sobre mí cayó el peso del más hombre. Yo me había ofrecido a sus dientes, pero yo era quien probaba su sangre. Yo quería que tronara todos mis huesos para no poder irme nunca de su lado, pero era su cráneo el que se había reventado. Yo me había dado como una ofrenda, pero su nuca era una flor de sangre. Yo amaba tanto su sangre que comencé a beberla. Yo tenía su cuerpo sobre mí, y esta vez no necesitaba que llegara Sofía a redimirme. Yo tenía piernas para correr, tenía un Ferrari. Tenía a mi padre encerrado en la cajuela.

NOTA FINAL

La música del Cartel de Santa acompañó a la autora durante la creación de esta novela. Aquí están las citas que aparecen a lo largo de esta historia de ficción.

Tú eres perra fina, carnada para patrones.
Tú ganchas tiburones pa que se empachen los leones.
Disco: Volumen IV. Canción: Esa nena mueve el culo.
E. Dávalos, R. Rodríguez.

Caminas porque quieres, con ese culito te han de sobrar los choferes.
Disco: Volumen ProhIIIbido. Canción: La ranfla del Cártel.
E. Dávalos, R. Rodríguez, M. Garza.

Y con especial dedicatoria para los que pagan por lo que a nosotros nos regalan...

Disco: Volumen II. Canción: Mi chiquita.

E. Dávalos, A. Maldonado, R. Rodríguez, M. Garza.

... si tienes flow en la cama serás la funda para mi macana.

Disco: Volumen II. Canción: Mi chiquita.

E. Dávalos, A. Maldonado, R. Rodríguez, M. Garza.

Si los perros están ladrando es porque el Cártel trae el mando y seguimos cabalgando.

Disco: Volumen II. Canción: Blah, blah, blah...

E. Dávalos, A. Maldonado, R. Rodríguez, M. Garza.

Ven para acá, mami, que quiero todo tu dinero...

Disco: Volumen II. Canción: Mi chiquita.

E. Dávalos, A. Maldonado, R. Rodríguez, M. Garza.

Perro fiero, carnicero...

Disco: Volumen ProhIIIbido. Canción: Mira quién vuelve al 100.

E. Dávalos, A. Maldonado. R. Rodríguez.

Denme más, perros... Quiero más, perros.

Disco: Cártel de Santa. Canción: Perros.

J. Roberts, E. Dávalos.

He caído de tu cielo y no he chocado con el suelo.

Disco: Volumen II. Canción: El arte del engaño.

E. Dávalos, M. Garza; contiene un sampleo de la canción "Todo se derrumbó dentro de mí", cuyo autor es Manuel Alejandro.

Especial dedicación a mi Santa Muerte, por protegerme y proteger a toda mi gente.
Por ser justa entre las justas. Por dejarme seguir vivo.
Por darme la fuerza para castigar al enemigo. Por la bendición a mi fierro pulso certero.
Y por poner a mi lado a una jauría de fieles perros.

Disco: Volumen II. Canción: Santa Muerte.

E. Dávalos, M. Garza.

Cuando usté me invite nos vamos por ahí.

Disco: Volumen II. Canción: Santa Muerte.

E. Dávalos, M. Garza.

¡Denme más, perros!...
¿Dónde están, perros? Quiero verlos saltando. Denme más, perros. Quiero verlos gritando...

Disco: Cártel de Santa. Canción: Perros.

J. Roberts, E. Dávalos.

*Nunca juego, para mí esto es cosa seria, pero acabarlos es
tan fácil como abrirles a tus hermanas las piernas...*

Disco: Cártel de Santa. Canción: Perros.

J. Roberts, E. Dávalos.

Desde Monterrey. Desde Monterrey. Desde Monterrey.

Disco: Cártel de Santa. Canción: Perros.

J. Roberts, E. Dávalos.

*Pelado más culero, ya vieron que carga fierro, no sé pa' qué
le mueven si luego van a peinarse,
hay que ser tres equis ele pa' enfrentarse con el Cártel.*

Disco: Volumen ProhIIIbido. Canción: Mira quién
vuelve al 100.

E. Dávalos, A. Maldonado. R. Rodríguez.

*Me volví a quedar sin vieja, al chile que no valgo madre,
pues pa' luego es tarde, como dice la banda,
vamos a la calle a levantarnos unas nalgas...*

Disco: Volumen ProhIIIbido. Canción: La ranfla del
Cártel.

E. Dávalos, R. Rodríguez, M. Garza.

Perra brava de Orfa Alarcón
se terminó de imprimir en noviembre de 2021
en los talleres de
Impresora Tauro, S.A. de C.V.
Av. Año de Juárez 343, col. Granjas San Antonio,
Ciudad de México